セブンス
7th
9
魔物の群れを相手にするのは、
戦斧《バトルアックス》を手にしたソフィアだった。
Yomu Mishima
三嶋与夢
illustration
ともぞ

「ギルドの職員をしているわ」
物腰柔らかい美人職員のマリアンヌさん。

シャノンがエアハルトたちを
前に威張《いば》っていた。
「街道掃除舐《な》めんな！」

顔を赤くして怒ったソフィアは
クラーラに詰め寄った。
大きな胸がクラーラの目の前に突き出される。

「何ですかそれは！」

ライエルがソフィアに顔を近付け、そして呟《つぶや》くのだ。

「俺は嬉《うれ》しいよ」

ソフィアは頭が沸騰するのではないかと思うほどに熱くなり、
心臓の鼓動が嬉しく飛び跳ねる。

「わ、私も――です」

INTRODUCTION

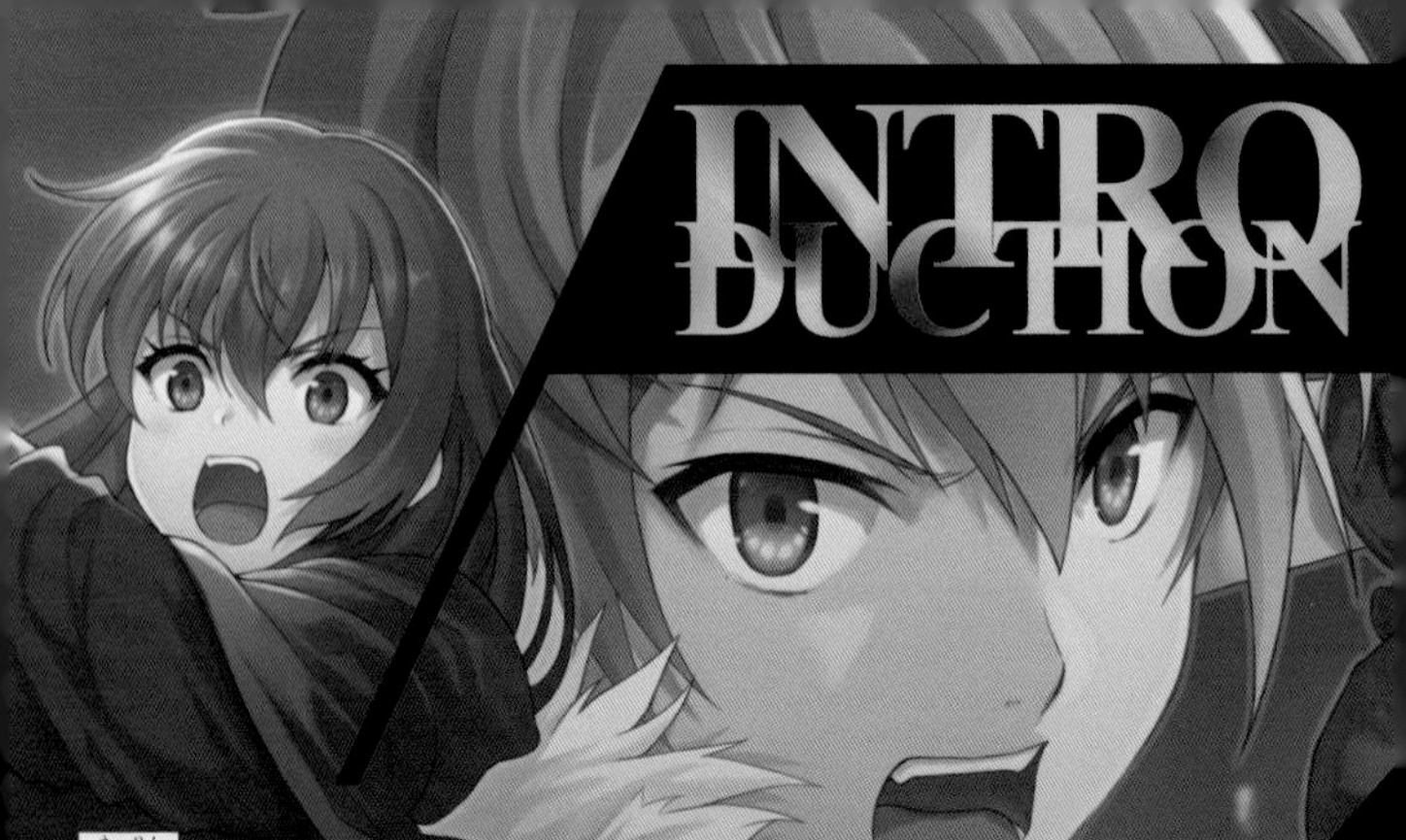

麒麟《きりん》のメイをパーティーに加え、ライエルたちは自由都市ベイムへ到着する。

ベイムは大きな港を持ち、交易で巨万の富を得た商人たちが支配する大都市。

さらに王族や貴族が統治していないため、

各地から冒険者たちが集まり、「冒険者の本場」とも言われていた。

しかし、ここでは他国で経験があろうと、

ベイムで実績のない者は新人扱いとされてしまう。

打倒セレスの準備として足を踏み入れたライエルだったが、

しばらくは街道の掃除などの地道な雑用をこなして、

冒険者ギルドから信頼を得なければならなかった。

そんな中、ライエルが女性を連れていることに嫉妬した

新人冒険者のエアハルトが何かと絡んでくるようになる。

エアハルトたちも冒険者ギルドから地味な依頼を案内されるが、

扱いに納得がいかず、不満を募らせていく。

遂に受付嬢に無理を言って、

迷宮探索に参加するのだが――。

セブンス　9

三嶋与夢

ヒーロー文庫

CONTENTS

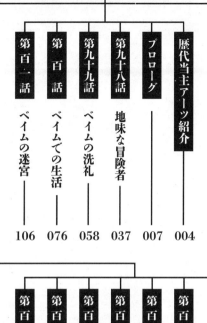

illustration ともぞ

歴代当主アーツ紹介

初代

バジル・ウォルト

一段階目 フルオーバー

身体能力の強化。

二段階目 リミットバースト

限界を超えた力を引き出し、
体にかかる負担は無視。

三段階目 フルバースト

体から青い炎を出し、
身体能力を倍に引き上げる。

二代目

クラッセル・ウォルト

一段階目 オール

他者にアーツを使用する事が出来る。
副次的な効果で自分を中心に球体状の範囲を
五感とは別に認識できる。

二段階目 フィールド

集団にアーツを同時に使用可能。
オールよりも範囲が更に広がっている。

三段階目 セレクト

フィールドよりも更に広範囲に能力を使用可能。
敵味方を判断し、狙いを付けることができる。

三代目

スレイ・ウォルト

一段階目 マインド

相手の精神へ干渉する。

二段階目 コントロール

相手を意のままに操る。

三段階目 ???

四代目

マークス・ウォルト

一段階目 スピード

移動速度の安定的な向上。

二段階目 アップダウン

自分の移動速度を向上させつつ、
敵の移動速度を低下させる。

三段階目 ???

7th セブンス 9

六代目

ファインズ・ウォルト

一段階目 サーチ

周辺の敵味方の判別や、
トラップなどの位置を確認できる。

二段階目 スペック

敵味方、そしてトラップの
より詳しい情報の入手。

三段階目 ???

五代目

フレドリクス・ウォルト

一段階目 マップ

周辺の地図を頭の中で
鮮明に見ることが出来る。

二段階目 ディメンション

立体的な周囲の地図を、
頭の中で鮮明に見ることが出来る。

三段階目 ???

ライエル・ウォルト

一段階目 エクスペリエンス

より多くの経験を得て
"成長"を早める。

二段階目 コネクション

粘膜的な接触をした相手との間にラインを作り、
感覚情報とライエルの持つアーツを共有できる。

三段階目 ???

七代目

ブロード・ウォルト

一段階目 ボックス

生物以外の収納を可能とする
特別な空間を操る。

二段階目 ワープ

短距離の瞬間移動。

三段階目 ???

イラスト／ともぞ
装丁・本文デザイン／5GAS DESIGN STUDIO
校正／吉田桂子（東京出版サービスセンター）
ＤＴＰ／伊大知桂子（主婦の友社）
編集／高原秀樹・宍戸奈々絵

この物語は、小説投稿サイト「小説家になろう」で
発表された同名作品に、書籍化にあたって
大幅に加筆修正を加えたフィクションです。
実在の人物・団体等とは関係ありません。

プロローグ

――バンセイム王国の王都セントラルに春が訪れた。

都市の景色はすっかり春らしくなり、冬の頃よりも人々が賑わいを見せている。

そんなバンセイム王国の王城で、不遜な態度で玉座に座る一人の少女がいた。

名前は【セレス・ウォルト】。

緩やかな癖の付いた長い金色の髪を指先で弄って、興味なさそうに脚を組んで座っている。

王太子妃であるセレスには、本来なら玉座に座ることなど許されない。

見つかれば極刑ものだが、咎《とが》める者は王城に一人もいなかった。

透き通るような肌、均整の取れた顔立ちは幼いながらに美しい。

可愛らしいというよりも美しく――妖艶ささえ兼ね備えている。

まるで自ら光を放つかのような美しい少女は、その瑞々しく綺麗な唇を動かす。

「――あのゴミ屑に逃げられた上に、罠にはめられたらしいわね。リオネル、あんたには期待していたのにガッカリだわ」

セレスの目の前には、片膝をつき頭《こうべ》を垂れる青年の姿があった。

青髪青眼の青年は、彼女の実の兄にソックリだった。

名前を【リオネル・ウォルト】。

さかのぼれば先祖を同じくする宮廷貴族ウォルト家の跡取りだ。

今は震えて脂汗をかいており、今にも床に額を押しつけそうな雰囲気だった。

「も、申し訳ありません！　ライエルが――あいつが、俺を罠にはめたんです！」

ライエル――【ライエル・ウォルト】は、セレスの実の兄である。

領主貴族であるウォルト家の嫡男だった男だ。

セレスは忌々《いまいま》しげな顔を見せる。

「私は手を出すなと言ったわよね？　それを無視して、あのゴミ屑を追いかけた上に失敗するなんて、特務親衛隊の隊長として自覚はあるのかしら？」

リオネルはセレスの特務親衛隊の隊長だ。

もっとも、隊員は他にいない。そのため、リオネルが隊長という扱いになっている。

かつてはリオネルの生家――宮廷貴族ウォルト家は、七位下という世襲出来る階位を持つ貴族だった。

だが、七位下とは貴族の中では本当に末席のような立場だ。

それがセレスに気に入られ、今では男爵という爵号と特務親衛隊という肩書きまで手に入れた。

そんなリオネルが恐れるのは、セレスの機嫌を損ねることだ。

「必ずあいつを捕まえてみせます！」

そんなことを言うリオネルを見て、セレスは呆れた顔を見せつつも内心は愉快でたまらなかった。

(本当にこいつって馬鹿よね。私が手を出すなと言っているのに、私怨を優先してあのゴミ屑を捕まえよう、なんてね。でも——あんたはそれでいいわ)

セレスにとって、リオネルが無能であっても問題などなかった。

むしろ、無能であるからこそ手元に置く意味がある。

——憎い実の兄とソックリな男。

そいつが無能を晒《さら》すのは、セレスにとっていい暇潰し——余興である。

特務親衛隊などという肩書きも、ただのお遊びで与えたものだ。

(それにしても、ライエルを追いかけて自分が牢屋に閉じ込められるなんて本当に馬鹿よね。面白かったから許してあげるけど)

もしもこれが、ちゃんとした自分の部下なら絶対に許さなかった。

すぐにでも処刑しただろう。

だが、セレスはリオネルを許す。

「追いかけるなと言ったでしょう」

セレスがそう言うと、リオネルは視線をさまよわせた。

「で、ですが――」

追いかけたい理由があるようだ。

(また何かするつもりかしら？　ま、それは今後の楽しみに取っておくとして)

セレスがリオネルの残念すぎる態度を見て内心で楽しんでいると、本物の親衛隊である一人の青年が剣の柄に手をかけた。

「セレス様のご命令に逆らうつもりか？」

低い声でリオネルを脅すのは、背の高い二十代前半の青年だった。

茶色のストレートロングの髪。

緑色の瞳と鋭い目つき。

真面目そうな青年騎士の名前は【バルドア・ランドバーグ】だ。

ランドバーグ家は代々ウォルト家に仕える騎士の家系で、バルドアはその本家の跡取りでもある。

今はセレスの身辺警護をしていた。

実に有能な騎士で、セレスのお気に入りである。

無能なリオネルをこの場で斬り捨てようとしている。

セレスとしては、リオネルをここで殺されると楽しみが減るため手で制した。

「バルドア、剣から手を離しなさい」

「よろしいのですか？　この者はセレス様の威光を笠に着て、好き放題にしています。放置すれば、セレス様のためになりません」

真面目なバルドアらしい返答だ。

セレスは笑みを浮かべる。

「私は許すと言ったのよ」

「――失礼いたしました」

セレスがそう言うと、バルドアは剣から手を離した。

震えていたリオネルは、殺されないと分かると胸をなで下ろしている。

その様子を見ながら、セレスは玉座から立ち上がると窓の方へと足を進めた。

大きな窓から日の光が差し込んでいる。

「リオネル、しばらくあのゴミ屑のことは放置しなさい」

セレスがそう言うと、リオネルはセレスに向かって体を向け両膝をついた。

「セレス様、あいつは危険です！　すぐにでも捕らえるべきですよ！」

リオネルがライエルを強く意識しているのは、同じウォルトという苗字を持つから――だけではない。

自身が恋した女性が、ライエルの所にいるからだ。

セレスはそれも知っていた。

「リオネル、これ以上失望させないで欲しいわね」

セレスはリオネルに背中を向け、顔を見せないようにしていた。

あくまでも冷静に窘《たしな》めているような口調だが、表情は笑っている。

このどこまでも無能な青年は、まったくいい暇潰しだ。

だが、今は新しいお楽しみを考えたところだ。

リオネルばかりに構ってもいられない。

「私が王太子妃になることに反対している貴族たちがいるわ。その討伐に向かわないといけないの。特務親衛隊の貴方が、こんな大事な時に私の側《そば》を離れるの？」

「い、いえ、それは――」

曖昧な態度を取るリオネルに、バルドアを筆頭とした本物の親衛隊の騎士たちが眉を顰《ひそ》めていた。

リオネルは鈍いために、親衛隊の苛立《いらだ》ちに気が付いていない。

そんな無能なところが、セレスは面白くて仕方がない。

（本当にあんたを拾って良かったわ）

「国内の反抗的な貴族たちを潰すわ。そのために、王国から軍を出すのよ。もちろん、お

「父様にも出陣してもらうわ」

バンセイム王国の軍勢と領主貴族であるウォルト家の軍勢が、国内の反抗的な貴族たちと戦う準備を進めていた。

セレスにとっては遊びと同じだ。

自身の武器であるレイピアを収納した杖を見る。

先端には黄色の宝玉が埋め込まれ、淡く怪しい光を放っていた。

宝玉を見ながら、セレスは誰にも聞き取れない声で呟《つぶや》く。

「――ええ、分かっているわ。これから楽しくなるのよね」

宝玉へと語りかけるセレスは、大きな窓から見える王都の街並みに微笑《ほほえ》む。

黄色の宝玉からはセレスにだけ聞こえる声がする。

『私の可愛いセレス。もうすぐだ。もうすぐ――この大地を再び血で染め上げられる』

とても心地よく聞こえるが、同時にどこか妖しい女性の声だ。

艶めかしい囁《ささや》きに、セレスは返事をする。

「本当に楽しみだわ――アグリッサ」

それはかつて傾国の美女と呼ばれ、大陸をたった一人で地獄に変えた女の名前だった。

『喜んでくれて何よりだ。それよりも、顔がニヤけているぞ』

「あら、ごめんなさい。王太子妃になったのだから、少しは取り繕わないとね」

『そうだな。ま、取り繕う必要も直《じき》になくなる。それまでの辛抱だ』

窓ガラスに反射したセレスの顔は、醜悪な笑みを浮かべていた――。


自由都市ベイム。

大きな港を持ち、外国との交易で巨万の富を得た商人たちが支配する大都市だ。

同時に、冒険者の本場と言われている。

冒険者が多い理由は、それだけ冒険者にとって都合がいい都市だからだ。

王族や貴族が治めていないベイムは、冒険者たちにかかる税が驚くほどに安い。

また、仕事が次々に舞い込む。

冒険者たちにとって一番嬉《うれ》しいのは、ベイムに存在する迷宮だろう。

地下百階を超えると予想されているベイムの迷宮は、冒険者たちにとって恰好《かっこう》の稼ぎ場所だ。

迷宮内は魔物と遭遇しやすく、数多くの魔物を倒せる。

そこから魔石や魔物の体の一部である素材を回収し、迷宮を出て売り払う。

ベイムでは冒険者を広く受け入れ、他の冒険者ギルドよりも支援が手厚いと評判だ。

そんなわけで、商人と冒険者の都などと呼ばれている。

そんなベイムだが、高い壁に囲まれた大都市――というだけではなかった。

「これが自由都市ベイムか――セントラルよりも凄いな」

感嘆して高い建物を見上げる俺は、田舎から出て来たおのぼりさんに見えているのだろう。

時折、すれ違うベイムの住人たちがクスクスと笑っている。

中には馬鹿にした目を向けてくる人もいた。

だが、そんな目を無視して、俺――ライエル・ウォルトはベイムという大都市に感心していた。

都市内部の道は綺麗に石畳が敷かれている。

幅が広く綺麗な道。

行き交う人や馬車の数も多い。

いや、多すぎる。

人口密度も高そうだ。

そして何より、建物が全て高い。

建物の様式は様々で少し雑多なところもあるが、表通りの建物はどれも立派で豪華だった。

いくつかの都市を見てきたが、ベイムほど立派な場所はなかった。

目を見張る俺の首に提《さ》げている青い宝玉からは、三代目の声が聞こえてくる。

驚いているようだ。

『何ここ？　想像以上なんだけど』

どうやら、ベイムの規模や大きさ――そして豪華さに驚いているようだ。

四代目も同じように驚いているが、口にするのは金銭面だ。

『これだけの整備をするために、いったいいくら使ったのでしょうか？』

四代目から見れば、必要以上に豪華なのだろう。

何しろ、都市全体が輝いて見える。

別に金銀がふんだんに使われているわけではないが、目に入る全てが金のかかっていそうなものばかりだ。

ベイムには王族も貴族もいないため、道路などの公共の場所の整備は金を持っている大商人たちが行っているという話だ。

そのため、他の都市と雰囲気が違うのかもしれない。

普段冷静な五代目は、どこか怪しんでいる。

『いったい、何をすればこれだけ発展するんだろうな』

ベイムの発展具合に何か言いたそうにしていた。

六代目だが、大きな声で笑っている。

『交易は儲かりますからね。それにしても、王や貴族がいなくとも、これだけ発展するというのは凄いですな』

俺からすれば信じられない話だ。

七代目も怪しんでいるが、何か企んでいるようだ。

『聞いていた以上ですね。それにしても、ここまで発展していると――期待も出来ますな』

三代目がその意見には納得しつつも、ベイムという都市を正しく理解する必要があると口にする。

『そうだね。だけど、僕たちの予想を超えていたよ。慎重に事を進めないと、足下をすくわれるかもしれないね』

俺も気を引き締めようと思ったところで、【モニカ】から声がかかる。

「チキン野郎。現実逃避もそこまでにして、アレをどうにかしてください」

――俺をチキン野郎と呼ぶのは、金髪ツインテールに赤いメイド服のモニカだ。

これでも古代人が残した自動人形と呼ばれる機械なのだが、主人である俺をチキン野郎と呼ぶ故障品でもある。

そんなモニカが指をさす方向には、俺以上におのぼりさんである青年たちがいた。

「ここがベイムか！」

「俺たち、今日からここで暮らすのか！」

「おい、今の女の人、凄い美人だったぞ！」

騒いでいる青年たちは、薄汚れたシャツに泥だらけのズボンという格好だ。

腰には錆《さ》びたナイフを下げている。

大きな荷物を担ぎ、いかにも田舎から来ましたという風体で――人々から笑われていた。

それを好意的な微笑みと思ったのか、手を振って応える青年たち。

実際は馬鹿にされているのだが、気が付いた様子がない。

見ていて心が痛くなってくる。

「俺も周りからあんな風に見えているのかな？」

そんな不安を呟《つぶや》けば、慌ててフォローを入れてくるのが【ノウェム・フォクスズ】だ。

俺が実家を追い出されてから、一人ついてきてくれた女性である。

過去には婚約者でもあった。

狐色の髪をサイドポニーテールにした髪型が特徴的で、いつも俺を第一に考えてくれている。

「大丈夫です。ライエル様の格好は清潔ですし、何の問題もありません。それに、ライエル様の実家であるウォルト家の本拠地も大都市ですからね。馬鹿にされるような事はありません」

「いや、でも出身地なんて顔を見ても分からないだろ。俺も同じように見られているよ」

「大丈夫です！」

「そ、そうか」

「はい！　何しろ、ライエル様はウォルト家の血を引く正統な後継者ですからね。他の殿方とは気品が違います」

ノウェムが引かないので、俺が引くことにした。

だが、ウォルト家の血を引いているから気品がある、というのは間違いだ。

それなら、領主貴族ウォルト家の祖である初代バジル・ウォルトは、気品という言葉からもっとも離れた場所にいる野蛮な男だった。

血を重視するのなら、初代の血を引いている俺も、気品からはもっとも遠い場所にいることになる。

ノウェムと話をしていると、俺の肩にあごを乗せてくる女性がいた。

薄緑色の髪と瞳を持つ、仲間の中でお姉さん的な立ち位置の【ミランダ・サークライ】だ。

「血筋だけで人間の全ては決まらないわ。ライエルが凄いのは、ライエル自身の努力の結果じゃないかしら？」

ミランダは、わざとノウェムと対抗するような発言をすることが多い。

それを分かっているノウェムも言い返す。

「ええ、理解していますよ。ですから、ウォルト家の血を引いて、なおかつ努力されているライエル様はどこにいても恥ずかしくありません」

認めてもらえるのは嬉《うれ》しいが、こんなことを言われる俺自身は凄く恥ずかしいけどね。

二人が対立しながら俺を褒めている側《そば》で、おのぼりさんが騒いでいた。

「みんな見てよ！　馬鹿でかい噴水があるわよ！」

黄色い瞳を輝かせ、噴水を指さすのは【シャノン・サークライ】だ。

ベイムに来てからはしゃぎっぱなしだった。

同じおのぼりさんである向こうの青年たちと違うのは、周囲がシャノンを微笑ましく見ているところだろう。

幼い子供がはしゃいでいるように見られていた。

黒髪にローブ姿の【ソフィア・ラウリ】が、慌ててシャノンを落ち着かせようとする。

「シャノンさん、静かにしてください。みんな見ていますよ」

シャノンはソフィアを無視して、辺りを見回す。

「どの建物も大きいわね。それに道も広いし、なんか綺麗な感じよね」

シャノンの言う通りだ。

ベイムの街並みは道も広く、そして大きな建物も綺麗に並んでいる。

まるで小人にでもなったような気分だった。

赤毛の【アリア・ロックウォード】が、荷物を複数担ぎながら周囲を見ている。

置き引きなどを警戒していた。

「人も多いから早く移動しましょう。それにしても、人も多いけどさぁ」

周囲の人々の歩く速度。

そして、馬車などの走る速度が速い。

何とも慌ただしい雰囲気だ。

いつまでもこの場にいれば邪魔だと怒鳴られそうなので、俺たちは荷物を持って移動を開始した。

そんな俺たちを見て、おのぼりさんの青年たちもついてくる。

それを俺の服を掴《つか》んで知らせてくれるのは、麒麟《きりん》の【メイ】だ。

「ライエル、あの子たちついてくるよ」

本来は麒麟と呼ばれる聖獣なのだが、今は少女の姿をしていた。

少し――いや、かなり露出度の高い服装は、周囲の目を集めている。

振り返った俺は、そんな青年たちのリーダーである【エアハルト・バウマン】に視線を向けた。

彼の格好は非常に――ユニークだ。

ボサボサの黒髪に、細身ながらしっかりと筋肉のついた体と日焼けした肌。

そこまではいいが、問題は身につけている物だ。

上はタンクトップだけなのに、下には腰当てやら足甲を装着している。

上半身はほとんど急所を晒《さら》しているのに、下半身だけ防具をしっかり揃えていた。

そして、背中には「魔剣　グラム」という名前の錆び付いた質の悪そうな大剣を背負っていた。

本人はその出で立ちが一番と考えているようで、むしろ自分の格好を誇って歩いている。

その姿を見ているのは、物語が大好きなエルフの女性である【エヴァ】だ。

長旅で乱れた髪を整えていたのだが、何やら興味が出たようだ。

エアハルトをジッと見つめ――首を横に振る。

「駄目ね。やっぱり私の物語の主人公はライエルだわ。英雄の卵かも、って思ったけどピンとこないわ」

そんなことを言うエヴァに噛みつくのは、仲の悪い【クラーラ・ブルマー】だ。

小柄で青い髪に赤い瞳と特徴を持っているが、それらよりも目を引くのは左手の義手だった。

「貴女に英雄が見分けられるとは思いませんけどね」

言われたエヴァが怒ってクラーラに詰め寄る。

「言ったわね、この頑固者！」

「嘘吐きよりはいいです」

二人が喧嘩を始めるが、いつものことなので放置だ。

他の仲間たちも「またか」という顔をするだけ。

俺はエアハルトに声をかけた。

「あのさぁ。――どうしてついてくるの？」

俺がそう問いかければ、エアハルトたちは視線を俺からそらして答える。

「はぁ？　俺たちが何でお前らの後ろを歩くんだよ？　お前らが、俺たちの前を歩いているだけだろうが」

ベイムの外からずっと彼らは俺たちの後ろをついてくるのだ。

そんな彼らの心理を読み解くのは、三代目だった。

『都会に出て来たのはいいけど、何をしたらいいのか分からないってところだね。そもそも、今後の予定を立てているようには見えないし』

それは流石《さすが》にないだろう。

三代目は、信じない俺を見てヘラヘラと笑っていた。

きっといつものように、飄々《ひょうひょう》とした態度でいるに違いない。

『あれ、もしかして信じてないの？　ライエルもまだまだだね』

ベイムまで来たのだから、まずは冒険者登録をするのではないだろうか？

その前に宿だろうか？

俺はエアハルトに行き先を告げる。

「なら、俺たちは冒険者ギルドに向かうから」

ベイムの冒険者ギルドは、本場と言われているだけあってとても大きい。

ベイム中央にある大きな建物が、冒険者ギルドになっている。

――そう、聞いている。

俺たちが冒険者ギルドに向かって歩き出せば、エアハルトたちもついてきた。

「そうだ！　冒険者ギルドだよ。まずはそこで登録するぜ！」

俺は驚いて振り返る。

すると、青年たちは顔を見合わせて納得していた。

「俺、冒険者ギルドって初めてだ」

「どこにあるんだ？」

「これで俺たちも冒険者か～」

エアハルトに言われて、初めて冒険者ギルドに行くことを思い出したようだ。

彼らは今後のことを真剣に考えているのだろうか？

宝玉から三代目の笑い声が聞こえてきた。

『ほら！　何も考えていなかっただろ。若い子なんてこんなものだよ』

そんな三代目の意見に訂正を入れるのは、五代目だった。

『こいつらが極端なだけだろ』

俺が驚いて青年たちを見ていると、アリアも視線を向ける。

「行き当たりばったり、って感じよね。というか、このままついてくるつもりかしら？」

ソフィアが表情を曇らせる。

「周りに迷惑をかけないか不安ですね。他人ですけど、仲間と思われたら迷惑ですし」

故郷を出て都会にやって来た青年たちが、想像以上に何も考えていなかった。

他人ながら、こいつら大丈夫なのか？　と、不安になってくる。

「と、とりあえず、ギルドまで行こう。その後は、流石《さすが》についてこないだろうし」

アリアが肩をすくめて笑った。

「どうだかね？　このままずっとついてくるかもよ」

流石にそれはないと――思いたい。


ベイムの冒険者ギルドに到着した。

これまで見てきた冒険者ギルドが、どれも小さく思えるほどに大きかった。

そもそも、出入り口が四ヵ所も用意されている。

プレートに「西口」と書かれた場所から入った俺たちは、まずカウンターを探した。

建物自体は円柱状に造られており、内部は中心から十字に区切られているように見える。

出入りをする大勢の人たち。

冒険者だけではなく、商人や一般の人たちの姿も多かった。

内部も実に綺麗で、機能的な構造になっている。

過度にならない程度の装飾も見ていて飽きないが、それ以上に気になるのはカウンターだ。

奥にあるとても長いカウンターでは、大勢の職員が並んで冒険者たちと話をしていた。

冒険者たちがいくつも列を作り、順番を待っている。壁際に設置されたソファーに座っている冒険者たちもいる。

メイが感心した様子でそれらを見ていた。

「大きな建物だと思っていたけど、よくこれだけの人数が入るよね。人間って箱の中が好きだよね」

人ではないメイらしい感想、なのだろうか？

俺がどこに並ぶべきか考えていると、ノウェムが奥ではなくて入り口近くにあるカウンターを指さした。

「ライエル様、あちらが相談窓口になっているようです」

「相談窓口？」

「これだけの規模ですからね。余所《よそ》から来る冒険者も多いですから、分からない事を聞けるような窓口ですよ」

よく考えられているな。

俺たちが相談窓口へと向かうと、そこで飛び出したのは――エアハルトたちだった。

「おっと、俺たちが先だぜ！」

相談窓口にいる職員が俺たちを見てくるので、エアハルトたちから先でいいとジェスチャーをしてみせた。

職員が小さく頭を下げ、エアハルトたちの相手をする。

職員の年齢は二十代半ばだろうか？

「本日はどのようなご用件でしょうか？」

カウンターに肘を乗せて話し始めたエアハルトは、少し焦っているように見えた。

「あ～、あれだ。冒険者になりたい！　そんでバンバン依頼をこなして、すぐに一番の冒険者に――」

気持ちよく夢を語り出したところで、職員がバッサリと話を切る。

「分かりました。冒険者登録ですね。それでしたら、南側の受付に回ってください。そこで新人冒険者の登録を行っています」

四つに区分されたギルド内。南側のカウンターへの行き方を説明する職員に、エアハルトがカウンターを手で叩いて文句を言い始めた。

「ここでやれよ。それくらい出来るだろ？　俺たちは忙しいんだ」

この後の予定も怪しいのに忙しいのだろうか？

職員も手慣れているようだ。

「南側のカウンターでないと登録できないようになっています。ここでいくら文句を言われても無駄です。――次の方」

エアハルトたちを無視して、職員が俺たちに声をかけてくる。

気まずいが、いつまでもエアハルトたちに付き合ってなどいられない。

リーダーである俺が職員と話をする。

「冒険者登録は済ませているのですが、ベイムは初めてでして」

職員は、これまで何度も繰り返しただろう説明を俺たちにする。

「ギルドカードをお持ちですね。ならば、南側のカウンターでお願いします。余所《よそ》からこられた冒険者の方々にも、講習を受けてもらっていますから」

既に冒険者登録をしていても、ベイムでは講習を受けさせるようだ。

「経験に関係なく扱いは同じなのか」

「余所の冒険者ギルドとは、違いも多いですからね」

ここでごねても無駄なので、さっさと南側のカウンターへと向かう。

すると、そんな俺たちを見ていたエアハルトたちが、ついてくるのだった。

これ、もしかして——最後までついてくるの？

◇

さて、冒険者登録と講習会だが——際立って新しい何かがあるわけではなかった。

講習会の方はギルドの簡単な説明だった。

南側の受付が、新人や一般冒険者がよく利用する受付である、などの説明がされた。

ベイムの冒険者ギルドは、東西南北の四つに区切られている。

南側が一般受付。

北側はダンジョン関係の受付になる。

西側は少し特殊らしく、傭兵関連の依頼を扱う場所だった。

そして東側は、海を持つベイムらしい受付——船の護衛など、そういった海に関わる依頼を取り扱っているようだ。

説明を受けた俺たちは、その後にギルドカードを預けて手続きを行った。

ギルドカードは金属板が二枚で一組になっており、持ち主が死亡すると金属板に書かれた名前に傷が入る。一枚は名前を刻まれた持ち主が持ち、もう一枚をギルドに預けるのが決まりになっている。

そして、全ての説明が無事に終わったのだが――。

「納得できるか！」

――騒いでいるのは、エアハルトだった。

講習会が終わり、個別に説明を受ける段階でごね出した。

他の新人やら余所《よそ》から来た冒険者たちが帰る中、エアハルトたちがごねているので俺たちは取り残されていた。

「どうして依頼を受けられないんだよ！　おまけに、ダンジョンにも入れないなんて、話が違うだろうが！」

ベイムの冒険者ギルドが、新人や俺たち余所から来た冒険者に対して最初に説明したのは、これまでの実績は評価しない、というものだった。

いくら余所で実績を積んでも、ベイムでは新人と同じ扱いをする、というのがベイムの冒険者ギルドのやり方だった。

エアハルトと話をするのは、三十代の男性職員だ。

「ですから、新人の方たちには信用がありません。そんな人たちに依頼を回せませんし、ダンジョンに挑んで欲しくないんですよ。素直に雑用などの依頼を受けてください」

「俺たちならどんな依頼もこなせるし、ダンジョンでは山のようにお宝を持ち帰ってくるっての！　雑用なんてやる必要ないね！」

威勢ばかりのエアハルトたちに、職員も困った顔をしている。

そこへ、一人の女性がやって来た。

年齢は二十代前半だろうか？　金色のサラサラした長い髪に、黄色い瞳――目は垂れ目で優しそうな雰囲気を出していた。

特徴としては、顔が綺麗なのと、スタイルが良く――他の女性職員たちが着ている冒険者ギルドの制服を、わざと胸を強調するように改造している部分だ。

大きな胸が目立つような制服になっている。

その大きな胸に、エアハルトたちの視線が注がれていた。

女性は騒ぎを聞きつけて来たらしい。

「どうされました？」

男性職員がエアハルトたちを見て、女性の胸を凝視する様子に溜息を吐く。

「マリアンヌさん、彼らは新人扱いを受けるのが屈辱だそうですよ」

「まぁ、そうなの？」

おっとりした感じの美人が驚いてみせるが、先程までとは違ってエアハルトたちは大人しかった。

美女の前だからか、紳士的に振る舞っている。

「こう見えても俺は、アーツを三つ持っているんだ。極めたんだよ。そんな俺に、雑用をさせるなんて間違っているだろ？」

アーツを三つ？　何かの間違いだろう。

アーツの代わりになる魔具などを持っているようにも見えない。

正確に言うなら、アーツを三段階目まで使用できる、だろうか？

間違って覚えたか、そもそも理解していないのか――冒険者の常識を知らないようだ。

美人職員が、エアハルトたちの気分を逆なでしないように褒める。

「凄いわ！　アーツを三段階目まで発現させる人は少ないわよ。きっと強いのでしょうね」

「だ、だろ！　だから、安心して依頼を回してくれればいいんだよ。冒険者として目立てるような依頼をくれ」

自分は凄いから一人前扱いにしろ――何ともわがままだな。

その話を笑顔で聞いている美人職員だったが、エアハルトの主張が終わると悲しそうな顔をする。

「ごめんなさいね。決まりだから私たちではどうにもならないのよ。でも、そうね――ベイムでは実力を測るための〝実力試験〟を行っているの。余所《よそ》から来た人たちの実力を見るためのテストなのだけど、そんなに自信があるなら参加してみる？」

それまで黙って話を聞いていた男性職員が、ギョッとした目をして慌て始めた。

「い、いや、それは――」

美人職員は「任せてください」と言って、男性職員を制する。

その時、美人職員がこちらを――俺をチラリと見た。

エアハルトたちだけではなく、俺にも聞いて欲しいのだろう。

余所から来た冒険者の実力を見る。

――俺たち向けの話だな。

「試験は簡単よ。今回の試験内容は、ベイムにあるダンジョンに挑むことになっているの。本当はギルドの依頼を受けて、ダンジョンに挑む冒険者さんたちのサポートね。そこで実力が認められれば、ベイムは貴方たちを一人前と認めます」

話の内容を聞いたエアハルトたちは、期待に目を輝かせていた。

「なんだ。簡単じゃないか。俺たちに任せてくれよ。すぐに一人前と認めさせてやるぜ！　そ、それはそうと、あんたの名前は？」

恥ずかしそうに美人職員の名前を尋ねるエアハルトは、ダンジョンに挑むという意味を理解しているようには見えなかった。

宝玉内からは、美人職員さんに対する冷たい声が聞こえてくる。

『これはもしや、厄介払いではないですか？　世間知らずで面倒な若者を、ダンジョン内に送り込んで処分する的な？』

四代目のそんな意見に、他の歴代当主たちも同意する。

だが、可哀想などという言葉は出てこない。

これも彼らが選んだ道だ。俺たちが説得して、試験を諦めさせる必要もない。

美人職員が胸に手を当てて笑顔を見せてくる。

「申し遅れました。私は——【マリアンヌ】。ギルドの職員をしているわ」

物腰柔らかい美人職員のマリアンヌさん。

だが、歴代当主たちの反応は冷たい。

五代目は興味なさそうにしながらも、少しだけ腹を立てているような気がする。

『笑顔で何も知らない若い連中を死地に送るのか。ま、俺たちには関係ないけどな』

ろくな装備も持たないエアハルトたちがダンジョンに挑めば、きっと死んでしまう。

シャノンがオロオロと周囲に視線に巡らせていた。

「ね、ねぇ、止めないの？」

シャノンはエアハルトたちが危険だと理解し、彼らを止めたいようだ。

だが、ミランダさんは無表情だ。

「自分たちで選んだことよ。それに、面倒を見るなんて私は嫌よ」

シャノンが俺に目で助けを求めてくるが、俺も同意見なので気が付かないふりをした。

エアハルトたちがマリアンヌさんに聞く。

「それで、試験はいつなんだ？」

「二週間後よ。大体、期間は一ヶ月くらいかしらね？」

一ヶ月と聞いて、エアハルトたちが驚いている。

「い、一ヶ月!?　そんなに長いことかかるのかよ!?」

「大規模攻略なのよ。試験を受ける冒険者さんたちの目的は、そのお手伝いになっているわ。大丈夫！　みんなは強いのよね？」

「お、おう！　そんな試験、すぐに終わらせてやるぜ！」

マリアンヌさんが拍手をしてエアハルトたちを煽《おだ》てていた。

そして、俺たちに視線を向けてくる。

「さて、そちらの冒険者さんたちはどうするのかしら？　見たところ、それなりに経験を積んできたパーティーよね？」

俺たちの格好を見て、冒険者として経験を積んでいると判断したのか？

ならば、エアハルトたちが素人というのも理解していたはずだ。

この人は――ちょっと危険な気がするな。

俺は宝玉を握りしめる。

すると、歴代当主たちがいつものように助言を――してくれなかった。

『おや、もう僕たちを頼るのかな？　ライエルも自分で考えてみたら』

俺が何を聞きたいのか理解しているのに、三代目は突き放してきた。

だが、四代目がフォローしてくる。

『ライエル、三代目は別に突き放しているのではありませんよ。ライエルもそろそろ、自分で考えて行動するべきです』

五代目たちも同意見のようだ。

『試験を受けてもいいし、受けなくてもいいだろ。お前の目標は一流の冒険者になることじゃない。――セレスを倒すことだ』

六代目が面白がっていた。

『目標を達成するために、お前がどうするのか興味もあるな。好きにしろ』

七代目が俺に決めろと言ってくる。

『さぁ、ライエル――お前ならどうする？』

俺は宝玉を一度だけ強く握りしめ、手放すとマリアンヌさんに笑顔を向けた。

「受けません」

九十八話　地味な冒険者

ベイムの冒険者ギルドが行っている実力試験。

それを受けないと決めた俺に、マリアンヌさんは意外そうな顔をしていた。

「――貴方たち、それなりの実力者よね？　本当に受けなくていいの？　最低でも三ヶ月は新人と同じ扱いよ」

講習会でその辺りの説明は受けていた。

「問題ありませんよ。三ヶ月は地味に過ごします」

俺の決断を聞いても、仲間たちは文句を言わなかった。

ただ、シャノンだけが嫌そうな顔をしている。

「はぁ？　何で受けないのよ。ライエルが試験を受ければ、すぐに認められるじゃない」

そんなシャノンの口を、ミランダさんがすぐに手で塞ぐ。

「シャノンは黙ってね」

マリアンヌさんが何か言おうとしたところで、絡んでくる連中がいた。

エアハルトだ。

「なんだ？　ビビって試験が受けられないのか？」

ズボンのポケットに手を入れて、がにまたで歩いて来ると俺に顔を近付けてきた。

「受けなくても問題ないだけだよ」

そう言ってやると、エアハルトの中で俺は臆病者《おくびょうもの》と決まったらしい。

「けっ！　決闘も受けない。試験も受けない。お前みたいな軟弱《なんじゃく》な奴が、美人さんたちを連れているのがおかしいんだよ。あんたら、こいつに本気でついていくつもりか？　俺たちの方が頼りになるぜ」

俺よりも自分たちの方が凄い！　そうアピールをするエアハルトたちに、ノウェムが首を横に振るのだった。

「ライエル様は軟弱ではありませんし、頼りになる方です」

モニカは俺をチラチラ見ながら褒めてくる。

「チキン野郎は確かに頼りないですが、私のご主人様ですからね。他の方に仕えるなど、あり得ませんよ。きゃ～、私って健気なメイド！」

クラーラは暇だったのか本を読んでいたのだが、こちらが騒がしくなったので閉じて鞄に詰め込んでいた。

「何を期待しているのか分かりませんが、私たちに構わないでください」

そんなクラーラをエヴァがからかう。

「あんたって心の機微が分からない子よね。可愛い女の子たちに、自分をアピールしているのよ。――でも、自分を大きく見せすぎると滑稽《こっけい》になるから気を付けてね」

エヴァがエアハルトに向けてそう言うと、エアハルトの頬が引きつった。

背負っている大剣の柄を握ろうと手を伸ばしたところで、アリアが槍の石突きをエアハルトの喉元に突きつける。

「武器を向けるなら覚悟しなさい。冗談じゃ済まさないわよ」

ソフィアが淡々と、エアハルトたちに説く。

「そもそも、ライエル殿は私たちのリーダーですよ。そのリーダーが頼りないと言われては、パーティー全体を低く見られているのと一緒ですからね。貴方たちはライエル殿だけではなく、私たちも馬鹿にしているのだと分かっているんですか？」

エアハルトが返答に困り、俺を睨《にら》み付けてくる。

「お、女の背中に隠れるなんて卑怯だぞ！」

俺もちょっと気にしているので言わないで欲しい。

ただ、俺が前に出ると、エアハルトが本当にこの場で剣を抜きそうで怖いのだ。

「あのね、俺たちは君たちと関わりたくないの。俺には俺の目的があって試験を受けないだけだし、そもそも君たちに関係ないよね？」

何で絡んでくるんだよ。

そう言ってやると、顔を真っ赤にして怒鳴ってくる。

「いい度胸だ。決闘しろ！」

「――嫌だよ」

「しろよ！」

俺が嫌そうな顔をしていると、飽きたのか座り込んでいたメイが投げやりに煽《あお》ってくる。

「メスを取り合って喧嘩をするのは動物の本能だよ。ライエル、叩きのめしてあげなよ」

いやいや、本能で動いてないから。

メイの基準で物事を判断しないで欲しい。

だが、メイに優しい五代目は、その意見に賛成していた。

『メイは賢いな。ライエル、一度叩きのめして現実を教えてやればいいだろ』

五代目のそんな意見に、三代目が呆《あき》れる。

『メイちゃんが可愛いからって決闘させる五代目って、酷くない？』

酷い。本当に酷い連中だ。

何が酷い、って――五代目を責めているが、理性的にこの場を収める意見が出てこないことだ。

みんな「やっちまえよ」みたいなことを言ってくる。

俺はこんな大人にはなりたくないので、理性的な解決策を模索しよう。

うーん、解決策が思い浮かばないな。

シャノンが首をかしげている。

「お姉様、あの男の人たちは、どうしてライエルに絡むの？　意識はライエルよりもこっちを向いているわよ。それに、ねちっこい視線が絡みついてくるわ」

ミランダの目が鋭くなっていた。

「シャノンは私の後ろに隠れなさい。それはそうと、こっちもいつまでも時間を取られたくないの。貴方たちの期待には応えられないわ。――邪魔だから消えて」

バッサリ言われて、エアハルトたちがたじろいだ。

俺とミランダを交互に見て、俺を指さしながら叫ぶ。

「こ、こんな奴がいいって言うのかよ！」

ミランダさんが笑顔で答える。

「ええ、そうよ。いい男でしょ？」

ハッキリ言われると照れてしまう。顔が赤くなるのが分かる。

宝玉内からは『ミランダかっけぇ！』と歴代当主たちが騒ぎ、逆に俺を『ライエルなさけねぇ』とからかう声が聞こえてくる。

エアハルトは歯を食いしばり、俺たちに背中を向けた。

「お前ら行くぞ！」

去って行くエアハルトたちを見送ると、いつの間にか職員はマリアンヌさんだけになっていた。

俺を見てクスクスと笑っている。

「愛されているわね。貴方たち、いいパーティーじゃない」

——雰囲気がギスギスしている時は、仲間と呼べるかも怪しいですけどね。

「そうですね。俺には勿体ない仲間たちですよ」

「あら、羨ましい。でも、ハーレムパーティーは事情を知らない男性たちから目の敵にされるわ。今回のようなことも珍しくないわよね？」

「まぁ、今までにも何度か経験がありますね」

「そう。でも、彼らを恨まないであげてね。あの子たちは若くて無鉄砲なのよ」

恨むつもりはない。

だが、俺から言わせてもらえれば、男ばかりのパーティーというのも羨ましい。

そもそも、男が俺一人というのが間違っている。

今はダミアンもいるのだが、後方支援なので別枠だし。

「さて、ついでに明日からの依頼について話をしましょうか」

「あ、その前に一ついいですか？」

「何かしら？」

俺は依頼の前に、マリアンヌさんにベイムでおすすめの宿を聞くのだった。


翌日からの俺たちの行動は——とても地味だった。

朝早くからベイムの門を出た俺たちが行うのは、街道の掃除である。

大量の人馬が出入りを繰り返している街道だ。

門周辺は、放置すればすぐに汚くなってしまう。

見た目が汚いだけならいいが、疫病やら衛生的に色々と問題もあるので掃除が必要なのだ。

地味だが大事な仕事である。

もっとも、大半が汚物やゴミをかき集めて捨てるという作業だ。

単純ではあるが、こんな仕事を喜んでする人間も少ない。

だから、冒険者ギルドがベイムから引き受け、依頼として冒険者に受注させていた。

そして、大事なことが一つ。

臭いし、大変だし、そもそもいくら掃除してもすぐに汚れてしまうこんな仕事は——報酬がとても安かった。

シャノンが、スコップを地面に投げる。

「やってられないわ！」

俺はそんなシャノンを見て腹が立った。

「道具は借り物だって言っただろうが！　壊したら弁償だからな」

シャノンは普段のフリルの多い格好ではなかった。汚れてもいい作業着姿で、長靴を履き手袋をしている。

長い髪は後ろでまとめ、ぱっと見ではシャノンと気付かないほどだ。

「何で私まで掃除に参加しないといけないのよ！　こんなの、あんた一人でやればいいじゃない！」

今、俺はシャノンとこの地味で安い依頼を引き受けている。

いかにベイムが冒険者の本場であろうと新米冒険者が受けられる依頼は少ないからだ。

このように誰でも出来る仕事をギルドがいくつか用意して、初心者はその中から選ぶという形になっている。

「仕方ないだろ。ノウェムは代筆の依頼を受けさせたし、メイには一般常識を先に教えないと怖くて一人で外に出せないし」

シャノンがスコップを拾い上げ、プルプルと震えていた。

「何で私までう○こ掃除なの!?　ねぇ、何で!!　私は働きたくないの！　働いたとしても、もっと簡単な仕事がいいの！　もしくは知的で、優雅な仕事！」

ご立派な文句を言うシャノンだが、こいつは読み書きを勉強中の身だ。

字もまだ汚いため、代筆の仕事が出来ないのだ。

あと、ミランダから「少しは厳しくしましょうか」と言われ、俺と一緒に街道の掃除に振り分けられた。

「文句を言うのはいいけど、手を動かさないといつまで経っても終わらないぞ」

「掃除しても、すぐに馬が糞を落としていくのよ！　こんなのやってられな――あっ⁉」

シャノンが掃除した場所に、こちらに顔を向けていた馬がボロボロとこぼした。

そして歯をむき出しにして笑っているような顔を向け、荷馬車を引いて去って行く。

シャノンが泣きながら掃除を再開した。

「ふざけんなよっ！　私はスプーンよりも重たいものを持たないお嬢様だったのに、何でう○こ掃除なのよ」

世の中って大変だよな。俺も最初は辛かった。

「口と一緒に手を動かせよ」

「やってるわよ！　それより、何でこっちの仕事が向いているアリアとソフィアが、ノウェムと一緒に代筆なのよ。普通こっちでしょ」

あの二人はノウェムと一緒に代筆の仕事をさせている。

理由は――これもミランダが「あの二人にもいい加減に色々と覚えてもらいたいわね」

と言うからだ。

シャノンが馬の糞で足を滑らせ転ぶのを見た俺は、指をさして笑う。

「転んでやんの！　──って、危なっ！」

ゲラゲラと笑っていると、シャノンが馬の糞を手に取って投げ付けてきた。

「あんたも──う○こまみれにしてやるよぉぉぉ！」

「お前、自分はお嬢様だって言いながら、その口でう○こって連呼するんじゃねーよ！　はしたないだろうが！」

ギャーギャー騒いでいると、監視員の人に注意された。


──モニカは一人で宿屋の部屋で泣いていた。

泣きながら、部屋の隅に座っている。

「酷い。私だってチキン野郎のお役に立てるのに。それなのに、一人くらい宿にいないと困るから、なんて理由でお留守番だなんて──あんまりよ！」

留守番として部屋に残されたモニカは、部屋の掃除やその他諸々も終わらせ暇だった。

「街道の掃除くらい、このモニカがいれば一時間もかからないのに！」

モニカなら、確かに街道掃除もすぐに終わらせられる性能があった。

だが、それをすればきっと目立ってしまう。

悪目立ちを考慮して、他の仲間もモニカの留守番に賛成した。

部屋でライエルの帰りを待つモニカが、何かに気付いたらしく顔を上げてドアを見る。

立ち上がってすぐに鍵を開けた。ノックの音はしていない。

「開いていますよ」

すると、ドアの向こうにはエヴァが驚いた顔をして立っている。

「あ、あんた、ノックする前に開けないでよ。ビックリしたじゃない」

「チキン野郎にだったら配慮しますけど、貴女に気を使っても私にメリットがないので」

「本当に腹の立つ自動人形よね。それはそうと、まだ誰も帰ってないの？」

エヴァは部屋に入ると、自分の荷物を取り出す。

旅行鞄を開けながらモニカと話を始めた。

「まだお昼ですからね。チキン野郎が帰宅するまで、あと五時間ほどでしょうか？」

「そう。なら、私は遅くなるって伝えて」

エヴァはステージ用の衣装を取り出し、どれを着るか悩んでいる。

それを見てモニカは推測する。

「ステージに立つのですか？」

「エルフたちのまとめ役に頼まれたからね。一人寝込んだから、しばらく代役をして欲しいってね」

エヴァはベイムにいるエルフたちに接触し、色々と情報を集めていた。冒険者として依頼を受けてはいないが、重要な役割である。

ほどなく衣装が決まり、着替えると鏡の前に立ってみる。ポーズを決めて、おかしいところがないかを確認する。

「それよりクラーラは？」

クラーラを気にする様子のエヴァを、モニカは鼻で笑う。

「おや、女同士でツンデレですか？」

「違うわよ。あいつが何をしているか知らないから、一応は聞いておこうと思ったの」

モニカはクラーラについて話をする。

クラーラも仕事の依頼を受けてはいないが、本人は冒険者ギルドにいた。

「ギルドの資料室です。ベイムと周辺事情について色々と調べてもらっています」

それを聞いたエヴァが、衣装を脱いで出かける準備を始める。

「あいつらしいわね」

適材適所。クラーラに向いた役割だろう。

モニカにも同じか、それ以上のことが出来る。

だが、モニカ一人に頼るのも危険だと判断したライエルが、クラーラに任せたのだ。

エヴァが荷物を持って出かけようとすると、ドアがノックされた。

疲れた顔のミランダとメイが部屋に入ってきた。

モニカが嬉《うれ》しそうに事情を聞く。

「おや、何か失敗しましたか？」

座り込みそっぽを向くメイを見下ろしながら、ミランダが溜息を吐いた。

「メイが屋台の前から離れなかったのよ」

メイの言い分を聞く。

「おいしそうな食べ物がいっぱいだったのに、ミランダが駄目って言うから」

ミランダは胸の下で腕を組み、苛立《いらだ》っているのか頬を引きつらせている。

「今日は人間社会で生きていくことを学ぶって教えたわよね？　終わったらご褒美に買ってあげるって言ったじゃない」

「買ってくれなかったじゃないか！」

「途中で切り上げたからよ。まったく、先が思いやられるわ」

メイに人間社会を教えるため、ミランダがベイムの観光に連れ出していた。

もっとも、ミランダの本当の目的は別にある。

ベイムの調査だ。実際にベイムを歩き回って情報を集めていた。

エヴァは、メイの世話に苦労しているミランダを笑う。

「あんたも大変そうね」

ミランダがエヴァに冷たい視線を向けた。

「楽しそうね？」

「あんたが苦しむ姿って珍しいからね。それよりも、今日は帰りが遅いから先にみんなで食べていていいわよ」

エヴァが去って行くと、ミランダは拗《す》ねているメイの視線に合わせるため自分もしゃがみ込む。

「メイ、昼食後にもう一度外に出るわよ。約束を守れたら、お菓子を買ってあげるわ」

「お、お菓子？　う、うん――頑張るよ」

お菓子を食べたいために、午後も頑張るメイだった――。


――ベイムの冒険者ギルド。

代筆を行うための部屋には、仕切りのついたカウンターがある。

仕切りごとに、代筆を行う人が依頼者と向き合う形で座っている。

ソフィアは、一つの仕事が終わり、依頼者が立ち去ると机に突っ伏した。

「お、終わった」

朝から何人もの代筆を行い、すっかり疲れてしまった。

出稼ぎに来ている男性が家族に手紙を書きたい、という内容は問題なかった。

だが、恋文を書いて欲しいと頼まれ困り果てた。

それがふざけた相手なら怒れるし、仕事と割り切ってもいい。

それが出来なかったのは、相手が真剣だったからだ。

朝から色んな人の代筆を行い、手はインクまみれ。普段はバトルアックスという大きな斧を振り回しているのに、今日はペンを動かすだけで疲れ切ってしまった。

それは、隣に座っているアリアも同じだった。

「もう嫌ぁ～。これなら街道掃除の方がいい」

泣き言が聞こえてきたので、仕切りから顔を出してアリアの机を覗《のぞ》き込む。

アリアの手もインクで汚れていた。

「アリアもお疲れ様です」

「あんたもね。それにしても、何で私たちがこっちなのよ？」

これなら力仕事の方がいいというのは、ソフィアも同意見だった。

すると、二人のところに仕事を終えたノウェムがやって来る。

「お二人もこの手の仕事を覚えて欲しいからですよ。苦手でも構いませんが、出来ないまま放置するわけにはいきませんし。ライエル様の判断ですからね」

向いていなくとも、経験するだけでもよかった。ライエルも、ソフィアたちにこの手の仕事が出来るようになって欲しいとは考えていないのだ。

ソフィアは天井を見上げる。

「そのライエル殿は街道掃除ですけどね」

それを聞いたノウェムが、深刻そうな顔をして俯《うつむ》く。

「やっぱり、私も街道掃除に出向いた方が良かったのではないでしょうか？　ライエル様に重労働を押しつけたみたいで気が引けます」

ソフィアとアリアは、顔を合わせて肩をすくめる。

「また始まりましたね」

「ノウェムってライエルに過保護よね。時々凄く厳しいけど。それより、今日の夕食は何かしら？」

「宿の夕食は魚がメインだと聞いていますね。ベイムは港があって新鮮な魚が安く手に入るので、魚料理が多いそうですよ。楽しみですね！」

ノウェムが心配している姿を見ながら、二人は夕食の話で盛り上がるのだった――。


――ベイムにある入り組んだ路地。そこには表通りとは違う雰囲気が漂っていた。

建物から出て来た料理人らしき人物が、生ゴミをゴミ箱に捨ててまた戻っていく。

物陰からその様子を見ていたエアハルトが、仲間たちを連れてゴミ箱に近付き、漁り始めた。

「お、今日はいいものが揃っているな」

捨てられたのは客が残したものだ。

エアハルトたちは、それを食べることで何とか飢えを凌《しの》いでいた。

仲間の一人が涙声でこぼす。

「なぁ、俺たちってこれからどうなるのかな？　せっかくベイムに来たのに、生ゴミを漁って食いつなぐなんて情けないよ」

他の青年たちも同じように考えていたのだろう。暗い表情になる。

すると、エアハルトが全員をはげます。

「馬鹿野郎！　こんなの、ダンジョンに入るまでの辛抱だ。一人前って認められれば、そこからは稼ぎまくってやるのさ。いい宿に泊まって、いい女を侍らせて豪華な食事と酒にありつけるって！」

そんな夢を見て故郷を飛び出してきた。

だが、現実はどこまでも厳しい。ろくな金もないエアハルトたちが泊まれたのは、大部屋の安宿だ。仕事もなく、気が付けば無一文になって大部屋さえ追い出されてしまった。

夢のような生活とは、天と地ほどの差がある。

「これなら田舎で畑を耕している方が良かったよ」

泣き言をこぼす仲間の一人を、エアハルトが必死に鼓舞する。

「こんなのもうじき終わるって！　そしたら、すぐに稼げるようになる。それとも、あのライエルとかいう冒険者みたいに、毎日のように街道掃除に出かけるのか？」

街道掃除の仕事は、臭い、汚い、きついと三拍子揃い、オマケに報酬が安い。

エアハルトたちは絶対に受けたくないと考えていた。

だからと言って、代筆などの仕事は出来ない。

エアハルトだけが、かろうじて読み書きが出来る程度でしかないからだ。

ギルドが回す依頼を拒否して、金がない状態だった。

「今だけだ。俺たちがすぐにあいつを追い越して、あの馬鹿な女たちを見返してやるんだ。お前らは、俺たちの誘いを断った馬鹿な女だ、ってな」

そんな妄想を繰り広げ、何とかベイムで暮らしているエアハルトたちだった――。

ベイムに来てから二週間目の夜。食事を終えた俺たちは宿屋の部屋でくつろいでいた。

部屋は四人部屋を二つと一人部屋を一つ。

一人部屋を使っている俺は、風呂も食事も終わってノンビリした時間を過ごしていた。

ベッドサイドテーブルに宝玉を置いて、歴代当主たちと会話をしている。

今日の相手は四代目だ。

『それにしても意外でしたね。私は、ライエルなら試験を受けると考えていましたよ』

四代目の予想を外してやったと、心の中で喜んでやった。

とは言え、別に驚かせるために選んだのではない。

「ベイムに来たばかりですからね。地元の情報は最優先で欲しいです。ダンジョンも魅力的ですが、試験まで時間があまりありませんでしたから」

一ヶ月ほど自由な時間があれば、俺も試験を受けたかもしれない。

だが、地味な方を選んで良かったと思っている。

『おかげで調査は順調ですけどね』

クラーラは冒険者ギルドの資料室から、ベイムでの活動で必要なことを調べている。

エヴァは同族であるエルフたちから、色々な噂話を仕入れていた。

ミランダは、ベイムにいる情報屋を幾人か見つけたらしい。

メイはここ数日で、人間の生活について少しばかり学んでいた。

残ったメンバーは、冒険者ギルドの依頼を受けて地道に信用稼ぎだ。

――俺は悪くないと思っている。

ダンジョンに挑むとなれば、慌ただしくバタバタしたはずだ。

今はゆっくりと足場を固める感じで、準備をしたかった。

「二週間程度ですが、それなりに成果が出ています。それにしても、掃除もいいですね。最初の頃にやった溝《どぶ》掃除を思い出しましたよ」

笑ってそう言うと、四代目が嬉《うれ》しそうな声を出す。

『昔はシャノンのように不満を口にしていましたが、一年も過ぎれば変わるものですね』

「何も知らずに冒険者をしていた頃が懐かしいですよ」

本当に、あの頃の俺は酷かった。

『それで、今後の予定は？』

「ダンジョンについても調べたいですね。後は――ダミアンのことですかね？」

ダミアンはベイムの外でリリィさんとダンプカー暮らしをしている。

壁の外にある広場に車を駐めているのだが、その広場を借りる場所代も結構な金額なので、早めにダミアンが落ち着ける場所を探したい。

『ベイムは期待通りの場所でしたし、そろそろ拠点が欲しいですね』

「ダミアンのダンプカーを置けて、オマケに俺たちが住めるくらいとなると――屋敷が――いい――ですかね？」

眠くなり、ウトウトしていると四代目が優しい声をかけてくる。

『眠そうですね。今日はこのまま寝てしまいなさい』

「そう――します」

明日も早いので、さっさと眠ることにした。四代目の優しい声が聞こえてくる。

『お休み、ライエル』

九十九話　ベイムの洗礼

「な、何だこれ？」

――引きつった顔でエアハルトが見ているのは、ベイムのダンジョンに挑もうとする冒険者たちだった。

ベイムの冒険者ギルドが主導して行う攻略には、いくつものパーティーが参加していた。

その規模は後方支援も含め三千人を超える。

ダンジョンの入り口には大きな門が作られ、ベイムの都市を守る兵士たちがしっかり警護している。

仲間の青年たちも顔を引きつらせていた。

「む、村の全員を集めてもこんな数にならないぜ」

「おい、あそこの連中は全員がフルプレートだ」

「何て数だよ」

冒険者たちの格好は、騎士団のように見える者たちもいれば、野性味があふれすぎて盗賊と見間違うような者たちもいた。

フルプレートアーマーで武装した冒険者の隣に、毛皮を着込んで斧を持った冒険者が立っている。

統一感のない集団だが、どの冒険者も装備はしっかり揃えている。

エアハルトは自分の背負っている大剣をみすぼらしく感じた。

唖然としているエアハルトたちのもとに、ギルドの職員がやって来る。

「君たちが試験を受けるパーティー？　名前は――字が汚いな。これは、グリフォン騎兵隊と読むのかな？」

「そうだよ」

エアハルトが答えると、周囲にいた冒険者たちが笑った。

ショートヘアーながら癖のあるオレンジ色の髪を持つ青年は、軽めの装備で統一した集団のリーダーらしい。

軽装とは言え、腰に色々な道具を提《さ》げ、エアハルトたちよりもしっかりと装備を揃えていた。

「グリフォン騎兵隊だぁ？　どこにグリフォンがいるんだよ？　馬すら見当たらないぜ」

笑っている男をエアハルトが睨《にら》み付ける。

「てめぇ、何か文句でもあるのかよ！」

男は両手を上げて降参のポーズをとる。

「おっと、これは失礼。昨日は夜遅くて眠かったんだが、お前らが笑わせてくれるから眠気が吹っ飛んだぜ。俺は【アルバーノ】って名前だ。こいつらを率いている」

ヘラヘラした青年は、エアハルトたちよりも少し年上のようだった。

軽薄そうだが、体はしっかり鍛えられ武器の手入れも行き届いている。

そんなアルバーノたちに飛びかかろうとするエアハルトだったが、フルプレートを装備した騎士のような出で立ちの男に邪魔される。

「アルバーノ、またお前らか！」

生真面目そうなその男は、黒髪をオールバックに整えている。

背も高く、真面目さが顔にも出ている。

彼の率いるパーティーは、全員が騎士のような格好をしていた。

金属の鎧に身を包み、馬まで連れている。

その人物を見て、アルバーノは酷く嫌そうな顔をした。

「クレートかよ。お前らは朝から暑苦しい連中だよな」

軽薄そうな集団とは対極にいるようなクレートは、声も大きく周囲の目を集めている。

仁王立ちで拳を握りしめ、アルバーノに説教を始めた。

「また新人にちょっかいをかけていたのか！　そうやって手を出させて、返り討ちにするのは止めろ。彼らも同じ攻略隊の仲間だぞ」

そんなクレート――【クレート・ベニーニ】の主張に、木箱に座り込んだアルバーノはエアハルトたちをあごで指しながら答えた。

「こいつらをよく見ろよ。こんなのが俺たちと同じように働けると思うのか？　朝っぱらからゴミ臭いし、ろくな装備もない。ギルドの実力試験に参加した何も知らない新人だぞ。さっさと逃げ帰る方がいいんだよ」

クレートはエアハルトたちに視線を向けると、少し悩んで目を閉じた。

「ギルドが参加を認めたのだ。彼らにもきっと、見込みがあるのだろう」

アルバーノが腹を抱えて笑い出す。

「見込み!?　あるわけないだろ。厄介払いだよ」

二人は知り合いのようだが、性格は正反対だった。

そのため、普段から意見が合わないようだ。

もっとも、そんなことはエアハルトには関係ない。

馬鹿にされたと感じたエアハルトは、剣の柄を握りしめる。

「――誰が厄介払いだって？　何なら、今ここで試してみるか？」

若く世間知らずのエアハルトの行動を見て、先程まで庇《かば》っていたクレートの目が冷たくなった。

「武器から手を放しなさい。君ではアルバーノに勝てないよ」

エアハルトはその言葉に激高し、顔を真っ赤にして喚《わめ》き出した。

「お前に何が分かるんだよ！　俺はアーツを三つ持っているんだ。村では誰にも負けなかった。親父にだって勝ったんだ！」

それを聞いたクレートが首をかしげる。

「アーツを三つ？　失礼だが、魔具の類いを持っているようには見えないが？」

「魔具だぁ？　何だよ、それ！　わけの分からないことを言ってんじゃねーよ！」

それを聞いたアルバーノが、困ったように髪をかく。

「どんな田舎から出て来たんだよ？　というか、どんなアーツだ？」

エアハルトがアーツを発動すると、腕の筋肉が膨らんだ。

メキメキと音を立て、少しばかり背も高くなったように見える。

体中に血管が浮かんでいた。

「どうだ。凄いだろ」

一目で肉体強化系のアーツだと分かる変化だった。

それを見たアルバーノが、真剣な顔付きになる。

「ふ～ん、凄いじゃねーか。さっきの言葉謝るぜ。荷物運びなら役立ちそうだからな」

エアハルトは自分の中で何かが弾けたような気がした。

「ぶっ殺してやる！」

怒りで我を忘れて大剣を掴《つか》み、アルバーノに向かって突進すると――その勢いのまま地面に倒れる。

「ぶっ!?」

顔を強く打って放心していると、騒ぎを聞きつけた男性がやって来た。

三十代後半らしき男性は、金色の髪が七三に分けられ、いかにも堅物に見える。

実際に話し方も真面目だ。

「何をしているんだ？」

声をかけられたアルバーノも、そしてクレートも緊張している。

「げっ！　ノイの旦那かよ。面倒なのが来たな」

「アルバーノ、ノイ殿に失礼だぞ！」

彼の名前は【ノイ・ノイマン】。

攻略隊の副隊長に名を連ねており、この集団の中では幹部という扱いだ。

それだけギルドに認められている人物でもある。

そんなノイがエアハルトを抱き起こしてやる。

「アルバーノ、出発前に揉め事は止めろと言っただろう」

「分かっていますよ」

アルバーノもノイの登場で大人しくなる。

ノイはエアハルトに話しかけた。

「君は——試験を受ける新人か?」

「そうだよ!」

エアハルトは、鼻血を手で拭いながら答える。

「悪いことは言わない。喧嘩は止めなさい。これは試験だ。君たちの行動はギルドの職員に見られているし、問題を起こせばいくら実力があっても試験に落ちてしまう」

そう言われては、エアハルトも振り上げた拳を下ろすしかなかった。

また路地裏でみすぼらしい生活に戻りたくはない。

さっさと一人前と認められ、冒険者らしい活躍をしたい。

「わ、分かったよ」

アルバーノとクレートがこの場を去ったのを見届けてから、ノイも離れる。

その際に、ノイはエアハルトに忠告するのを忘れなかった。

「それから、喧嘩をするなら相手を選ぶことだ。アルバーノは強いぞ」

エアハルトは、仲間たちに心配されながら思う——。

(すぐに倒して、俺の方が強いって見せつけてやるよ)

――ベイムのダンジョンはとても不思議だった。

大きな穴が開いており、側面に沿うように螺旋《らせん》状の道がある。

正確に言うならば、道と言うよりも町だ。

今にも崩れそうな廃屋が道いっぱいに並び、それらが細い路地や袋小路を形成して迷路を作っていた。

中央の穴から差し込むまばゆい光はあるが、天井があるためどうにも薄暗い。

螺旋構造のため、見上げると以前通った場所が天井のように見える。地面の裏側には、不思議なことに表と同じような廃屋だらけの街並みがあった。

夜になればダンジョン内のたいまつが青白い炎を灯すらしく、余計に怖くなるようだ。

そもそも穴自体が大きく、直径は三千メートルはあるだろうか。反対側を見れば少し前に通った場所がはるかに小さく見えた。

螺旋状の坂道を下に進んでいるのだが、道幅がとても広い。

横幅は三メートルはある。

道の端から下を見ようと覗《のぞ》き込んだエアハルトだが、底の方は真っ暗で何も見えない。

「こ、ここがダンジョンか」

自分たちは隊列の中央に配置されているため、未だ戦闘を行っていない。

だが、時折前方から人の怒鳴り声や魔物たちの叫び声が聞こえてくる。

薄気味悪い場所だ。

エアハルトが振り返ると、仲間が木の棒を杖代わりに歩いていた。

「エアハルト、何だか苦しくないか？」

「気持ち悪いよ」

「周りの連中は平気なのか？」

酔ってしまったような仲間たちを見て、エアハルトは虚勢を張る。

「これくらいどうってことねーよ！　それより、降りるならもっと簡単な方法はないのか？」

仲間の一人が不思議そうに天井を見る。

逆さの町があるのも不思議だが、廃屋が並ぶ薄暗い場所など不気味だ。

「な、なぁ、こんな大きな縦穴があって、その上にあるベイムはどうして落ちないんだ？

俺、怖くなってきたよ」

言われてもエアハルトには答えられない。

「そ、それはほら！　凄く分厚い板を敷いて、その上に都市を造ったんだよ」

エアハルトにその答えを教えるのは、中央で周囲の安全に目を配るノイだった。

「ダンジョンは初めてかな？」

「ノイ――さん」

エアハルトは、どうもノイのような落ち着いた大人が苦手だった。

「偉い学者の先生曰く、ダンジョンというのは別の空間にあるらしい。そこに我々が入り込んでいるだけだそうだ。だから、ベイムの地下はいくら掘り進めても地面があるだけだよ」

教えてはもらえたが、その内容がちっとも理解できなかった。

「は、はぁ、そうですか」

ノイは困ったように笑う。

「ベイムは穴に落ちないってことさ。それよりも休憩だ。ここで一日休むから手伝ってくれ」

周囲を見れば野営の準備を始めていた。

エアハルトが髪をかく。

「なぁ、ノイさん」

「何かな？」

「ダンジョンには階層を飛ばして移動できる装置があるんだろ？　それを使って、目的の場所まで行った方が早くないか？」

エアハルトが何を言いたいか理解したノイは、呆《あき》れた表情を見せる。

「聞いていないのか？　今回の目的は複数ある。その一つが地上から挑んで出入り口付近の魔物を討伐することだ。階層を飛ばしては意味がない」

「あ～、そうなの？　でも、さっさと降りた方がいいだろ。何なら、ロープを使ってここから降りた方が早くないか？」

下を覗《のぞ》き込めば、近い階層にはうっすらと自分たちが通ってきたのと同じような町が見える。

ノイが溜息を吐いた。

「絶対に止めるんだ。そうした行動をする冒険者は毎年いるが、穴に吸い込まれて帰ってきた者がいない。横着《おうちゃく》はするな、ということだよ」

ノイが去って行くと、エアハルトはつまらなそうな顔をする。

「――こんな所にいたら、いつまで経っても活躍できないぜ。お前ら、手伝いなんかせずに体を休めるぞ。俺たちの仕事は魔物退治だからな」

活躍の機会がないことを不満に思うエアハルトたちは、野営の手伝いをせずに隠れて勝手に休むのだった――。

――攻略開始から二週間が過ぎた頃だ。

エアハルトたちの扱いは未だに変わらなかった。

廃屋の一つに入り、ガタガタ揺れる机を囲んで昼食のスープを食べていた。

硬いパンも一緒だ。

攻略隊に参加するだけで三食食べられるのはいいが、エアハルトたちは不満だった。

「毎日同じ食事ばかりだ」

「戦っている連中は肉も食べられるのに、俺たちは野菜屑のスープと硬いパンだけだぜ」

「前に出たいって言っても許してくれないからな」

このままでは、いつまで経っても活躍の機会など訪れない。

エアハルトは決意する。

「お前ら、いいか。今夜、抜け出して前に出るぞ」

「ついにやるのか！」

青年たちが目を輝かせる。

ようやく魔物退治という、冒険者らしい活躍が出来ることを期待したのだ。

「ノイさんにいくら頼んでも駄目だったんだ。やっぱりここは、積極的に前に出て俺たちの力を示した方がいいだろ」

夜になり、皆が寝静まったのを確認してから、エアハルトたちは先頭集団へと合流しようと動き出す。

時折見回りもいたが、隠れるには困らない場所だ。

そうして抜け出したエアハルトたちは、昼間よりも更に暗くなった道を移動する。

たいまつを作り、エアハルトを先頭に移動していると——獣の声が聞こえてきた。

エアハルトが大剣を抜いて構える。

「おい、たいまつで敵を探せ！　俺がぶった斬ってやる」

緊張する面々が周囲に灯りを照らすと、怪我を負った狼のような魔物が姿を見せた。

赤い瞳が不気味に光っている。

「お、おい！」

「こんな魔物、見たことないぞ！」

「だ、誰か助けて」

仲間たちが魔物の姿を見て驚き、混乱する。

無理もない。その狼は、自分たちよりも大きかった。

村の近くで見てきた魔物たちとは大きさが違いすぎる。

エアハルトが大剣を構え、そして筋肉を膨れ上がらせた。

「怯《おび》えてんじゃねーよ！　こんな見かけ倒し、俺が一撃で！」

大剣を大きく振り上げて、そのまま振り下ろす。

今までにこうして何度もエアハルトは魔物を屠《ほふ》ってきた。

鉄の塊を膨れ上がった筋肉――アーツの力で思いっきり振り下ろすのだ。

この一撃に耐えられる魔物を、今までに一度もエアハルトは見たことがない。

だが、目の前の狼は初めての魔物になる。

「なっ!?」

狼がエアハルトの大剣を素早く後ろに下がって避けると、剣先が地面に深く突き刺さった。

急いで抜こうとすると、狼はエアハルトの焦りを嘲笑《あざわら》うかのように大剣に噛みつく。

「は、放せ！」

エアハルトが大剣を奪い返そうともがくが、狼はそのまま噛み砕いてしまった。

それを見た青年たちが悲鳴を上げる。

「だ、駄目だぁぁ！」

「こんなのに勝てっこねーよ！」

「だから俺は嫌だって言ったんだ！」

逃げ出す青年たち。

仲間を失い、たいまつの灯りもなくなり、暗闇の中でエアハルトはガタガタと震える。

狼はそんなエアハルトが面白いのか、恐怖を煽《あお》るように周囲をグルグルと回っている。

「ちくしょう。ちくしょう。ちくしょうぉぉぉ！」

震えながら、エアハルトは叫んで狼の足音を頼りに走り出す。

狼を殴ってやろうとしたのだが、廃屋の壁にぶつかり跳ね返って倒れた。

仰向けに倒れたエアハルトの胸に狼が前足を乗せてくる。

そして顔を近付けてきた。涎《よだれ》がエアハルトの顔に垂れる。

「や、やめ――」

狼が大きな口を開けると、生臭い息がかかった。

恐怖で涙が流れる。股間がじわりと温かくなり、アンモニア臭が周囲に広がる。

すると――。

「はぁ、お前かよ」

――面倒くさそうな声が聞こえ、狼が顔を上げて振り返った。

エアハルトが見たのは、いつの間にか近付いていた複数の灯りだ。

ランタンに照らされ、オレンジ髪の青年が片手剣を持って廃屋の屋根から飛び降りて来る姿が薄らと見えた。

狼は青年に気付く間もなく、そのまま片手剣で首を斬り落とされる。

エアハルトは狼の首から噴き出す血を浴びながら呆然とその様を見ていた。

狼の体がゆっくりと倒れる。

「ひっ!」

悲鳴とともにようやく体が動くようになり、地面に尻を付けたまま後退りする。そして、狼の首を斬り落としたのがアルバーノであると気が付いた。

自分よりも小さな武器で、自分が勝てなかった魔物を倒した。

それが信じられない。

アルバーノの仲間たちがランタンを持ってやって来ると、エアハルトを囲む。

「血だらけじゃねーか」

「魔物のだろ。それより臭いな」

「漏らしたのか？」

笑う冒険者たちを前に、エアハルトはそのまま気を失うのだった――。


――翌日。

エアハルトたちは、ダンジョンにある階層移動装置を使って地上へと戻された。

冒険者ギルドに連行されると、待っていたのはマリアンヌと――上司である職員だった。その職員は上から目線でエアハルトたちに接する。

「命令無視に加えて、勝手な行動で死にかけた――ね。君たちの評判はこの書類に書いてあるよ。ろくな手伝いもせず無駄飯食らいだった、とね」

戦闘ではまったく役に立たなかった。

それだけではなく、協調性もないため野営の手伝いすらしない。それなのに食事だけはちゃんと取りに来る。そんな冒険者を周りがどう思うのか？

当たり前だが、評価は最低だ。

四十代の男性職員は、落ち込んでいるエアハルトたちを見て鼻で笑う。

「君たちがいかに無力なのか理解できたようだね。ろくな装備も持たず、口だけで何の役にも立たないのが今の君たちだ。大人しく故郷に帰ったらどうだ？」

エアハルトが顔を上げて職員を睨《にら》み付けるが、職員とマリアンヌの後ろには武装した護衛の姿がある。

エアハルトは黙り込むしかなかった。俯《うつむ》いて手を握りしめる。

他の仲間も同様だ。

エアハルトを置いて逃げ出したこともあり、黙って何も言わなかった。

むしろ、故郷に帰りたがっており、ほっとした顔をしている仲間もいる。

これで帰れるという安堵の溜息をこぼした者が数名いて、エアハルトはその顔を見逃さなかった。

「黙ってばかりでは何も分からない。どうしてこんなことをしたのか――」

「待ってください。この子たちも頑張ろうとしたんです」

上司の発言を遮り、マリアンヌはエアハルトたちを庇《かば》う。

「確かに無鉄砲かもしれませんが、冒険者はこれくらいでないと。もう少しだけ、この子たちを見守ってもいいんじゃありませんか？」

マリアンヌに言われた上司が、困ったような顔をする。

「――君が責任を持つのかね？　彼らのせいでギルドは迷惑しているんだが？」

お前がこいつらの面倒を見るのか？

そう問われたマリアンヌは、真剣な表情で頷《うなず》く。

「私にこの子たちを担当させてください。もしもこの子たちがベイムに残るなら、この子たちの専属としてしっかり面倒を見ます。必ず一人前の冒険者にしてみせます」

エアハルトは、そんなマリアンヌの真摯な言葉を聞いて顔を上げた。

嬉《うれ》しくなって涙が出てくる。

都会に来てから、ここまで優しくされたことはなかった。

「マリアンヌさん、俺――俺は」

泣き出すエアハルトをマリアンヌが慰める。

「いいのよ。でも、これからは厳しくするからね。ちゃんと私の言う通りに出来る？」

エアハルトは頷く。

「は、はい！　俺、マリアンヌさんのために頑張るよ！」

それを聞いたマリアンヌが微笑《ほほえ》み、上司は肩をすくめるのだった。

「一緒に頑張りましょうね」

「はい！」

こうして、エアハルトたちの試験は失敗に終わった。

期間にして二週間ばかりで、攻略隊を途中で抜けた形になる――。

百話　ベイムでの生活

自由都市ベイムに来てから一ヶ月が過ぎた。

基本的に週五日はギルドで依頼を受けて、雑用と言われる依頼をこなす日々だ。

そして二日の休日だが――。

「ソフィア、あんた卑怯よ！」

「な、何のことですか？」

――俺たちは新しいことを学んでいた。

今日は全員でベイムの外にある牧場に来ている。

そこでは馬が飼育されており、馬術を習うことが出来た。

元は貴族で活発な少女だったアリアは、馬術の経験があるらしくすぐに乗りこなしていた。

それを見て対抗心を燃やしたのがソフィアだ。

ソフィアも馬術の嗜《たしな》みがあるようだが、アリアよりも下手だった。

そして、二人は今――馬を走らせ競走をしている。

最初は先を行くアリアに追いつきたいソフィアが前に出て、対抗心を燃やしたアリアが追い抜いたのが始まりだ。

それを繰り返している内に、いつの間にか競走になった。

最初はアリアが優勢だったのだが――。

「あんた、負けそうだからってアーツを使ったわね！」

――負けたくないソフィアが、アーツを使ってしまった。

ソフィアのアーツは自分と触れているものの重量を変化させる。

自分の体重を軽くするだけでも、馬にとっては大きな助けとなる。

「何のことですか？　言いがかりは止めてください」

ソフィアがしらを切ろうとするが、その表情はこわばっており嘘だとすぐに分かる。

嘘に気が付き、アリアは頭に血が上ったのか自身もアーツを使用した。

「舐めるな！　私だってアーツを使えば加速して――あ、あれ!?」

アリアのアーツは自身を加速させて素早く移動する類いのものだが、馬に乗っている状態では意味がなかった。

自分だけ早く動けるようになっても、馬には関係ないからだ。

ソフィアが笑っている。

「私の勝ちですね、アリア！」

「この卑怯者ぉぉぉ！」

　慌てるアリアを見て、他の仲間たちも笑う。

「アリアは間抜けよね。アーツで素早く動けるのは自分だけでしょうに」

　馬に乗り慣れているエヴァは、久しぶりの乗馬ということで楽しんでいるようだ。

　それはミランダも同じだ。

「二人ともお馬鹿よね。まぁ、練習で気付けて良かったと思うべきね。それはそうと、シャノン――あんた、馬に抱きついていたら駄目でしょ」

　だがミランダは、シャノンという問題児の面倒を見なければいけない。

　小型のポニーに跨《また》がったシャノンは、馬の首に抱きついて震えていた。

「だって怖いんだもん！」

　シャノンから視線を移せば、同じように乗馬が初体験のクラーラがノウェムに指導を受けている。

「クラーラさん、落ち着いてください。それから背筋を伸ばして」

「無理。無理！　絶対に無理ですよ！　こ、ここ、こんなところから落ちたら怪我をします！」

　馬に乗ると意外と高く見えるんだよね。

　下を見るとちょっと怖い。

三代目がクラーラを心配している。

『クラーラちゃんが怪我をする前に止めた方がよくない？　そもそも、ポーターがあるのに乗馬の練習って意味があるの？　クラーラちゃんが可哀想だよ』

七代目はそんな三代目を諌《いさ》める。

『何事も経験ですよ。せっかくの機会ですし、クラーラにも乗馬を体験させましょう』

普段は落ち着いているクラーラが、馬に跨がり震えていた。

涙目で大声を出している姿は、結構貴重ではないだろうか？

そして、他の仲間――メイの方を見ると、宝玉内の五代目が幸せそうに呟《つぶや》く。

『動物はいいな。癒やされるから毎週来よう』

毎週など無理に決まっている。

五代目は普段とは違い声が弾んでいた。

『ライエル、メイを見ろ。楽しそうじゃないか。やっぱり動物っていいよな』

メイの周りには、馬やら他の動物たちが集まっていた。

「う～ん、僕が乗馬ってなんか変な気分だよね」

メイを乗せている馬の方が緊張したように見えて可哀想になってきた。

メイは麒麟《きりん》だ。そのことを動物たちは理解しているのだろうか？

そしてモニカだが――俺が乗っている馬を引っ張っていた。

こいつの場合、馬よりも早く走れるために乗る必要がないそうだ。

「まったく。騒がしくていけませんね。それにしても、チキン野郎は乗馬がお上手ですね。もっと震えて駄目なところを見せてくれるのを期待したのに」

「――お前、普段から俺をどんな目で見ているの？　これでも伯爵家の元跡取りだぞ。乗馬の練習くらいしていたさ。――たぶんね」

セレスに記憶を奪われて思い出せないが、俺の体は乗馬を知っているようだった。

歩かせたり走らせたりすることに問題はない。

だが、アリアほどにはうまく操れない。

そもそもアリアがうますぎる。

「やっと追いついた！　ソフィア、絶対に逃がさないわよ！」

「どうしてこれで追いつくんですか!?」

アリアの乗った馬が、アーツを使用しているソフィアの馬に追いついていた。

アリアは乗馬が得意だな。

この施設を見つけてきたのはミランダだ。

街に出て噂を集めた成果の一つで、他にも色んな私塾や道場の情報も仕入れている。

馬に乗ったエヴァが、俺に近付いてくる。

「ライエルは問題ないみたいね」

「練習は必要だと思うけどね。それより、どうしたの？」

声をかけてきた理由を聞けば、エヴァが俺の隣に来て馬を並べる形になった。

エヴァも馬の扱いが上手だな。

「この前、噂話を仕入れたから聞かせてあげようと思ってね。——ザイン教国って知っている？」

ザイン教国はベイムに近い国だ。

ベイム周辺の国々は、小国の集まりで小競り合いを続けている。

その小競り合いに参加して金を稼いでいるのが、傭兵も兼業している冒険者たちだった。

そして、ザインは周辺国の中では比較的大きな国である。

少し前——と言っても何十年か前にロルフィスという国から領土を奪い、小国の中でも頭一つ分だけ大きな国となっていた。

その情報はクラーラから聞いたが、名前を出すとエヴァがムッとするので黙っておく。

「ベイム周辺の中だと大きい部類の国だね」

「その国だけど、今は内輪で揉めているらしいわよ」

「本当に？」

「確証はないけどね。でも、きな臭い噂は多いって」

ザインで内乱が起こるのではないか？

そんな話をエヴァが仕入れてきた。

宝玉内の六代目が、また悪いことを考え始める。

『宗教国家？　少々面倒そうだが――うまくその争いを利用できると面白いことになるな』

その考えに三代目は否定的だった。

『今のライエルには無理じゃない？　仲間だって少ないし、傭兵団を立ち上げるとしてももっと先の話だからね』

六代目は残念そうにしている。

『付け入る隙がありそうなのに残念ですね』

――いや、余所《よそ》様が困っているところにつけ込むって。

相変わらず酷い人たちだ。

ただ、確かに何か使える情報があるかもしれない。

「エヴァ、頼みがある」

「何？」

「そのザインの噂や情報を集めてくれないか？」

エヴァが嬉《うれ》しそうな顔をした。

「あら？　何か気になるの？　分かったわ。ザイン方面から来た同族に話を聞いてみるわね。それと、ミランダに話をしておくわ」

「ミランダに？」

「あいつは情報屋を何人も知っているし、そこから何か聞けるかもしれないからね」

「なら俺から頼むよ」

一ヶ月で随分と成果が出ている。

みんな、頼もしい限りだ。


牧場の持ち主と話をつけ、ダミアンのダンプカーを預かってもらうことになった。

ダンプカーの中で、俺はダミアンと向き合っている。

「ふ～ん、それで地道に冒険者として活動をしていたのか」

甘すぎるコーヒーを飲んでいるダミアンは、俺たちの活動について興味を持ったらしい。

「ま、別にいいんじゃない。情報集めは大事だからね。それより、ベイムで落ち着ける場所ってないの？　ベイムには色々と道具も揃っているし、都市内部に研究所があると楽なんだけど」

ダミアンのお願いを聞いてやりたいが、俺としても今は手持ちが心許ない。

冒険者としてみれば大金を持っているが、今後を考えると節約が必要だ。

「今は出費の方が多いから我慢かな。三ヶ月もすれば、ダンジョンには入れそうだからそこで稼ぐつもりだけど」

「ライエルなら稼げるだろうね。でも、いっそのこと商人にパトロンになってもらえば？」

「パトロンか――考えているんだけどね」

ベイムは冒険者と――商人の都だ。

貿易で大金を稼ぐ大商人たちも多く、そんな彼らに後ろ盾になってもらえればベイムでも活動しやすくなる。

問題なのは、俺たち自身を売り込む先だ。

相手が俺たちに興味を持ってくれないと交渉できない。

その商人の人となりも重要になってくる。

俺たちを利用して使い潰すような商人とは手を結べない。

「今後も考えると規模の大きなところがいいし、実績のない今は情報収集に徹するよ」

ダミアンが残念そうにする。

「仕方ないね。ライエルにパトロンが出来れば僕にもお金が入るし、出来れば大きなところでお願いね」

当たり前のように資金提供しろと言われても――その、困る。

だが、ダミアンは優秀だ。

今後、役に立つ道具を開発してくれる――かもしれない。

「ダミアン、あまり無茶はしないでよ」

「ははは！　――考えておくよ」

最初は笑い、そして真顔になってそう言ってダミアンは俺から視線をそらした。

駄目だ。

絶対に自分が興味を持つことしかしない。

宝玉内では四代目がパトロンについて真剣に考えていた。

『商家についても色々と調べていますが、こればかりは慎重に動いた方がいいでしょうね。もっと情報が欲しい』

七代目も慎重だった。

『そうですね。こちらが使い潰されるようなことは避けたいですから。商人というのは利に聡《さと》いですからね。大商人ともなれば、なおさらですから』

それはつまり、俺たちを不利益と判断すれば――簡単に裏切るという意味だ。

三代目がそんな二人とは違う意見を述べた。

『慎重すぎるね。でもさ、そんな相手でも利用しないとセレスには勝てないと思うよ。まあ、もっと情報を集めるのには賛成するけどね』
冒険者として稼ぐことだけを考えている方が楽だったな。

ダミアンと別れ、俺は冒険者ギルドへと向かった。

資料室で調べ物をしているクラーラの様子を見にいくためだ。

宝玉内からは三代目のワクワクした声がする。

『ベイムの冒険者ギルドは凄いよね。下手な図書館よりも立派じゃないか』

入り口に資料室とプレートが貼られた部屋に入ると、まるで図書館だった。

本棚は高い天井まで届き、脚立が用意されている。

部屋も広く、資料室を管理するための職員も配置されている。

カウンターにいた職員が話しかけてきた。

「資料をお探しですか？」

「仲間を迎えに来たんです」

「そうですか。何か調べたかったら声をかけてください」

資料室に用意された本の中には、冒険者に必要な資料とは関係ない、小説や随筆などもある。

普通の図書館としても利用できそうだ。

実際に読書を楽しんでいる冒険者たちもいる。

筋骨隆々で立派な髭を持つ大男は、絵本を読みながら文字の勉強をしている。

魔法使い風の冒険者が、魔法に関する資料を何冊も机に積んで勉強している姿もある。

結構な人数が利用していた。

「本当に図書館みたいだな」

三代目が実に楽しそうだ。

『アラムサースには劣るけど、ギルドにこれだけの施設があるのは凄いよね。これで、ベイムには立派な図書館もあるから羨ましいよ』

都市には図書館がちゃんと存在しており、そこは資料室よりも立派だとクラーラが言っていた。

クラーラを捜すと、すぐに見つかる。

いくつもの資料を机に置いて読み、そしてメモを取っている。

その姿を見た三代目は、微笑ましそうな声を出していた。

『う～ん、クラーラちゃんも頑張っているよね。ライエル、お茶でもご馳走しようよ』

三代目はクラーラに甘い。

自分も読書が好きだったようで、クラーラとは趣味が同じという理由で贔屓《ひいき》している。

「無茶を言わないでください。――クラーラ、迎えに来たよ」

小声で三代目を諌《いさ》めつつ、俺はクラーラに近付いて声をかけた。

クラーラは顔を上げると眼鏡を外して背伸びをする。

「もうそんな時間ですか」

資料室にある時計を見たクラーラだが、眼鏡を外したので見えないらしい。

目を細めていた。

気を抜いていると結構ドジなところがある。

「もう夕方だ。遅くなるとまたシャノンが怒るからな。迎えに来たよ」

クラーラは資料室で調べ物を担当していた。

俺たちが冒険者としてベイムで活動するための情報収集だ。

他にも、この辺りの歴史やら事情についても調べてもらっている。

本人は読書が大好きで、仕事とは思わず楽しんでいるため、帰りが遅くなることが多い。

「心配をかけて申し訳ないです」

数日前に夜遅くに帰ってきて、エヴァやシャノンに怒られていた。

まぁ、怒るというか――心配していたのだろう。

「面白い情報はあった？」

「面白いというのは個人の主観になりますから、断言はできませんね。ただ、ベイムについて色々と興味深い話がありますね」

「何？」

隣の椅子に座ると、周囲の邪魔にならないように小声で話をする。

クラーラは資料を片付け始め、そのまま話を続ける。

「ベイムのダンジョンについてです。大きな縦穴があり、側面に沿って螺旋《らせん》状に下っていく構造です。大きく見れば、一方通行のダンジョンですね」

言われてもイメージが出来なかった。

「螺旋状？」

「こういうことですよ」

メモ紙に図を書いてもらい、ようやく理解した。

構造としては螺旋階段だ。

「廃屋が並ぶ坂を下っていくそうです。下に行けば行くほどに魔物が強くなるのは、他のダンジョンと同じですけどね」

ダンジョン――迷宮。

それらは色んな形があるのだが、奥に進むほどに魔物は強くなりお宝も豪華になる。

これはどこも変わらない。

「階層移動装置は？」

「ありますね。アラムサースとは違って、丸い床だけのものだそうです。宙に浮かんでいて、それに乗って上にも下にも移動できるとか」

規模が大きなダンジョンには、必ずこうした便利な装置がある。

冒険者たちをより奥へと進ませるために、ダンジョンが用意しているとかなんとか。

「ベイムのダンジョンって変わっているな。それが面白い話？」

「ここからですよ。そのダンジョンですが、地下百階を超えると考えられていますね」

「――深いな」

「最奥に到着した冒険者たちはいませんけどね。最奥に辿《たど》り着いても、討伐はさせてもらえないでしょうけど」

ベイムにあるダンジョンは「管理されたダンジョン」だ。

ダンジョンは生きており、討伐してしまうと消えてしまう。

消えてしまえば、魔物の体の一部である素材や魔石が手に入らなくなる。

財宝も同様だ。

だから、討伐せずに管理して利益を得る。

ベイムの発展に大きく関わっているダンジョンだから、人間が守っているのだ。

「世界一に偽りなしか」

「まぁ、ここまで規模が大きなダンジョンは珍しいですね。まるで滅んだ都市を歩いているようだ、という感想が多いそうです」

　ダンジョン内なのに、荒廃した都市を歩くような感じか？

　そうなると、戦い方も変わってくるな。

「出現するモンスターなども調べています。あ、忘れるところでした。一番大事な話をしていませんね」

「大事な話？」

「ベイムの冒険者ギルドが、ダンジョンに入る冒険者を見極める基準です。資料の中にそのことが書かれていました」

　それを聞いた三代目がクラーラを褒める。

『でかした！　やっぱりクラーラちゃんは頼りになるね』

　三代目に呆《あき》れる五代目は、これらの資料に違和感を抱いていた。

『試験の基準が資料室で分かる、か。――これ、そもそも事前準備をしっかりしているか、確認するための試験じゃないか？』

　資料室でちゃんと調べるのも大事ということか？

「クラーラ、お手柄だ」

「はい？」

　クラーラは分かっていないようで、首をかしげていた。

宿屋に戻るとミランダが俺の帰りを待っていた。

「クラーラと一緒だったのね」

「迎えに行ったんだ――それにしても」

クラーラは風呂場へ向かい、部屋にいるのは俺とミランダだけ――ではなく、麒麟《きりん》の姿に戻ってぐったりしているメイの姿もあった。

床に寝そべり、疲れた顔で眠っている。

そんなメイを見て、五代目が心配し、それを六代目が落ち着かせている。

『おい、何をした！　メイに何をしたんだ！』

『五代目、落ち着いてください』

俺も気になったのでミランダに尋ねる。

「メイは何で疲れているの？」

「一般常識を教えただけよ。やっぱり、考え方が違うから色々と大変みたいでね。今日は特に頑張ったから疲れて眠っているわ。この分だと、一人で行動しても――まぁ、まだ不安だけど、近い内に一人で動けるようになるわよ」

麒麟は長寿であり、人間とは感覚が違う。

その違いもあって、人間社会に慣れるには苦労している。

近頃は随分と慣れたようではあるが、そんなメイの面倒を見ているミランダも大変だ。

「教える方も大変じゃない？」

「シャノンで慣れているわよ。それよりも、頼まれていた資料よ」

ミランダから資料を受け取った俺は、中身を確認する。

興味を示すのは宝玉内の歴代当主たちだ。

『ザイン教国って変な国だね。王様が十年もしない内に替わるって？　いや、女王様か』

『聖女様、ですね。国の最上位が女性のようです』

『――聖女は神輿《みこし》だな。その下にいる神官たちが政治を取り仕切っている形じゃないか？』

『ですが、ここ最近は一人の聖女がずっと在位していますね。十五歳から――十五年ですか。権力を持ちすぎて反発でもあるのかもしれません』

『付け入る隙ばかりですが、残念なことに今のライエルでは手が出せませんけどね』

ザインという国は宗教国家だ。

君主として聖女様が君臨し、その下で働く神官たちが政治を行う国。

通常なら短くて三年。長くても六年――もしくは最長で九年の在位期間。

しかし、今の聖女様は在位期間十五年で歴代でも三本の指に入るそうだ。

資料を読み進めると、そんな聖女様に対して不満を持つザインの軍隊である騎士団と対立している。

騎士団長が、聖女様と権力闘争の最中と書かれていた。

「聖女が権力を持ちすぎたのかな？」

素直な感想を述べると、ミランダが俺を見て「残念」と笑った。

「確かに歴代聖女の中でも権力を握った人じゃないかしら？　でも、この人が即位してから は周辺国との小競り合いが極端に減ったのよ」

「減った？」

違う資料を見れば、なんとザインは過去には他国に何度も戦争を仕掛けていた。

一年に一回は必ず戦争をしているし、小競り合いも日常茶飯事という内容だ。

「――これは酷いな」

歴代当主たちも俺と同意見だった。

『ベイム周辺は戦争が多いね。――儲かるのは傭兵稼業の冒険者たち、か。いや、商人たちかな？』

三代目がそう言うと、他の歴代当主たちは黙った。

今の聖女様は穏健派として知られており、ザインの現状を変えるために戦争を極端に減らして内政に力を入れていた。

「元からこの辺りは小競り合いが多いけど、最近は戦争が少なくて騎士団が活躍の場を寄越せって怒っているのが外から見た状況ね」

「へぇ～」

感心していると、ミランダが俺の座るソファーの肘置きに腰掛けて顔を近付けてくる。

「それで？　この国を調べてどうするつもりだったの？」

「今は何も出来ないかな。俺たちは傭兵団の規模じゃないし、この国に売り込むことも出来ないし」

人数の少ない俺たちでは戦争になど関われない。

活躍は出来るかもしれないが、俺たちを味方に付けたいとは誰も思わないだろう。

今のままでは使い潰されそうだ。

聖女か騎士団か――どちらに味方をするのも難しい。

「まぁ、そうよね。もっと名が知れ渡って、実力があればここで手柄も立てられるかもしれないけど」

そもそも、名を売りたいから参加したいのであって――名前が売れていたら苦労しない。

七代目が言う通り、今の俺には手が出せない。

ミランダが俺を見て面白そうにしている。

俺が何を考えているのか、何をするのか――そんなことを、まるで楽しんでいるかのようだ。

「ライエル、次は何を調べるの？」

「――先に冒険者として名を上げたい。そろそろ、ベイムで優秀な冒険者とかパーティーとかを調べようか」

まずは一歩ずつ、確実に評価を上げていくとしよう。


ベイムでの地味な生活が続いていたある日のことだ。

「げっ！　お前は」

「あっ」

街道掃除に出かけた俺たちの前に現れたのは――エアハルトたちだった。

出会うなり、露骨《ろこつ》に嫌そうな顔をしてくる。

エアハルトたちの格好は、俺たちと同じ作業着姿だ。

見られて恥ずかしいのか、エアハルトは俺から顔を背ける。

俺は素朴な疑問を尋ねた。

「あれ？　何でここにいるの？　まだ攻略隊ってダンジョンの中だよね？」

試験内容は、攻略隊に参加することだった。

そして、攻略隊はまだ地上に戻っていないはずだ。

エアハルトの肩がプルプルと震えている。

「もしかして失敗して帰還したの？　被害は？」

よく見ると、エアハルトの仲間の数が減っていた。

もしかして、攻略隊に何かあったのだろうか？

心配している俺に、エアハルトは顔を向けて怒鳴ってくる。

「そうだよ！　俺たちは失敗したんだよ！　これで満足か？」

急に怒り出したエアハルトを理解できずにいると、宝玉内から六代目の笑い声がする。

『ライエル、察してやれ。失敗したのはこいつらだけだろうよ』

五代目はエアハルトたちに対して冷たい。

『仲間は死んだか、それとも逃げたか――早い内に現実を知れて良かったじゃないか。生き残って下働きから再出発したわけだ』

――途中で逃げたか、送り返されたのか？

それに気が付かなかった。

俺の物言いでは、失礼だっただろう。

「あ、あの――ごめんね」

気付いてやれなかったので謝罪すると、エアハルトが涙目になっている。

「嫌みかこの野郎！」

謝罪したのに怒られてしまった。

四代目が笑いをこらえている。

『ライエル――傷口に塩を塗り込むような発言は止めなさい』

作業が始まると、ここ一ヶ月で街道掃除に慣れたシャノンがエアハルトたちを前に威張《いば》っていた。

「街道掃除舐《な》めんな！　う○こはもっと腰を入れてすくい上げなさいよ！　そんなへっぴり腰じゃあ、う○こは拾えないのよ！」

女の子がう○こを連呼するんじゃない。

シャノンがエアハルトたちを前に実演してみせる。

「いい？　しっかりすくい上げなさい。う○こが地面に残っていたら駄目だからね」

無駄にゴミ拾いが上手になったシャノンは、不真面目なエアハルトたちを前にムキになっていた。

「真面目に聞け！」

エアハルトたちは荒ぶるシャノンに鼻白《はなじろ》んだ顔をして、俺たちから離れていく。

何というか、この仕事を少し――いや、完全に馬鹿にしていた。

「掃除くらいで真剣になれるかよ」

「こんなの、生活のためじゃなかったらするかよ」

「さっさと時間が過ぎないかな」

エアハルトは俺の隣を通り過ぎる際に、腹立ちまぎれの嫌みをぶつけてきた。

「――こんなことを一ヶ月もしていたのかよ。のんきな連中だな」

シャノンが地団駄を踏む。

「はぁ!?　何がのんきなのよ？　お前らこそ、ちゃんと働けば～か！」

街道を掃除しながら、俺は宝玉内から聞こえる三代目と五代目の会話に耳を傾ける。

『のんき、ね。随分と怒っていたね』

『ライエルがそのつもりはなくとも煽《あお》ったからな。ま、怒るだろうよ』

『それとは別に、不満をぶつけてきたようだけど？』

『若いからな。あの手の連中は周りに当たり散らすのさ』

『あ～、いるよね。周りが悪い、って人たち。結局、環境が悪くても自分が頑張るしかないのにね』

『羨ましい連中だよな。自分たちがどれだけ幸運なのか分かっていない。あのマリアンヌとかいう職員に消されそうになったのによ』

『――どうかな？　あの子、別に消そうとか思ってなかったんじゃない？』

『死ぬ危険があった。そこに放り込んだのは事実だ。何か裏があるようにも思えないからな。素であんなことが出来る女は怖いぞ』

五代目はマリアンヌさんに厳しい。

六代目が意味ありげに笑っている。

『五代目は女性の心が分かっていませんね』

『――お前に言われたくないんだが』

他の歴代当主たちも六代目には「お前がそれを言うの？」という反応を示していた。

俺も同意見だ。

それにしても、単調な作業の間にこうして会話が聞けるのはいい暇潰しになるな。

『――皆が何を言いたいのか分かりますが、俺から言わせてもらえればあの女は何かありますよ』

何か、とぼんやり言われても想像できない。

六代目の発言に五代目が詳しい説明を求めた。

『何か、ってなんだよ？』

『分かりません。ただ、何か背負っている気がしますね』

『俺には能天気そうにしか見えなかったが？　まぁ、ちょっと癖が強い気はしたが』

優しそうな普通の女性だった。

後ろ暗いというか、何かあると言われても困る。

五代目が言うように、そんな女性がエアハルトたちを危険な場所に放り込む方が怖い。

しかし、六代目は自分の勘を信じていた。

『俺の勘が告げています。あれはいい女である、とね』

それを聞いて七代目が鼻で笑う。

『では、間違いなく愛の重い女ですね。ライエル、気を付けるんだぞ。間違っても手を出してはいけないよ』

――俺を六代目のように無節操《むせっそう》な男だと思っているのだろうか？

心外である。

黙々と作業をしていると、初日よりも真面目になったシャノンがやる気のないエアハルトたちを見て憤慨《ふんがい》していた。

「あいつら、ほとんど遊んでいるじゃない」

やる気のない冒険者たちは多い。

このような仕事は、ただ当座のお金を稼ぐ行為で――いつまでも続けるようなものではないという考えがあるからだ。

真面目にしている冒険者の方が少なかった。

俺はシャノンに言う。

「放っておけよ。それより、ちゃんとやれよ。初日みたいに、監視員に怒られるのは嫌だからな」

「私だって嫌よ！」

シャノンと二人で作業を行い、今日も俺は街道掃除で汗を流した。


――それはエアハルトが街道掃除を始めて二週間が過ぎた頃だ。

ギルドに呼び出されたエアハルトは、カウンター越しにマリアンヌと向かい合っている。

仕切りの向こうから話し声が聞こえるので、隣にも誰かいるようだ。

マリアンヌがエアハルトに少し怒ったような声で話している。

「もう、エアハルト君！」

「は、はい！」

ぷんぷん、と聞こえてきそうな感じで、マリアンヌはお説教を始める。

「街道掃除の監視員から苦情が来ているわよ！　真面目に作業をしていない、って」

エアハルトは、年上で優しく美しいマリアンヌと話が出来ると内心で喜んでいた。

「いや、だってほら。俺たち、こういう地味な仕事は嫌いで」

街道掃除の仕事が嫌いなのは本心だ。

故郷にいた頃も、雑用ばかり押しつけられて嫌になっていた。

その頃を思い出してしまうため、どうしても真剣になれない。

エアハルトはマリアンヌに甘える。

「なぁ、マリアンヌさん。もっとかっこいい依頼とかないの？　護衛とか魔物退治とか、他にもあるだろ？」

マリアンヌが目を半目にしてエアハルトを見る。

「ダンジョンで失敗したのに、まだ懲りていないようね」

「違うって！　壁の外に出れば、魔物くらいいるだろ？　ほら、雑魚《ざこ》みたいなのが相手なら俺たちだって戦えるし」

魔物退治なら自分たちに向いているとアピールするが、マリアンヌは聞き入れなかった。

「ろくな装備もないのよ。それに、ちゃんと貯金しているの？　今のままだと生活費だけでなくなるでしょう？」

装備を買い揃える資金がない。

街道掃除で得られる報酬は、安い宿と日々の食事に消えていく。

「だから、もっと大きな依頼で稼ぎたいんだ。このままだと希望が持てないからさ」

マリアンヌもそれは考えていたようだ。

溜息を吐く。

「分かってはいるけれど、今の貴方たちの信用はゼロどころじゃないの、マイナスなのよ。この状態で報酬がいい仕事は私でも回せないわ」

「けどさぁ」

マリアンヌが根負けをしたのか、エアハルトに一つ提案をするのだった。

「なら、真面目に街道掃除を頑張ったら、報酬のいい依頼を一回だけ紹介するわ」

「流石《さすが》はマリアンヌさん！」

喜ぶエアハルトに、マリアンヌが釘を刺す。

「でも、その一回は最後だと覚悟してね。これで失敗するようなら、私でも庇《かば》い切れないわ」

「わ、分かったよ」

マリアンヌの真剣な顔付きに、エアハルトも緊張する。

（でも、怒ったマリアンヌさんも可愛いな。俺、一人前になったらこの人に告白しよう）

自分たちを優しく導いてくれるギルド職員に恋するエアハルトだった。

一人で勝手な妄想をして照れるエアハルトを前に、マリアンヌは書類を作成していく。

「まずは真面目に街道掃除を――」

その時、仕切りの向こう側から驚いた職員の声が聞こえてきた。

「えっ!?　こ、この子も街道掃除ですか!!」

二人は顔を見合わせ、声が聞こえた方を見た。

気になって仕切りの向こうを覗《のぞ》くと、そこにいたのはライエルとシャノン——そして、金髪のショートヘアーの子供だった。

ライエルが職員と話をしている。

「はい。来週からはこの子も街道掃除でお願いします」

連れられた少女は、露出の多い独特な格好をしている。

本人はギルド内を興味深そうに見ており、話を聞いているようには見えない。

連れているシャノンもそうだが、ライエル以外はまだ幼い少女たちだ。

エアハルトは改めて思った。

(こ、こいつ、こんな子供たちを働かせているのか!? 俺だってそんなことはしないぞ!)

エアハルトにしてみれば、ライエルは幼子も働かせて報酬を稼いでいる意地汚い冒険者に見える——。

(こいつ最低だ!)

百一話　ベイムの迷宮

――ベイムへの出入り口である門の前で、街道掃除を終えたエアハルトたちは疲れて腰を下ろしていた。

エアハルトは夕日が沈むのを見ながら、ここしばらくの事を考える。

（ベイムに来てあっという間に三ヶ月が過ぎたな）

期待に胸を膨らませてやって来たが、結果的に夢と現実の違いを見せつけられていた。

冒険者として華々しい活躍など出来ず、街道掃除に追いたてられる日々だ。

マリアンヌに真面目にしていれば大きな依頼を任せると言われているため、エアハルトも頑張っているが――内心では不満だった。

汚れ、そして疲れて座り込んでいるエアハルトたちの目の前をベイムに入る人々が通り過ぎる。

若く着飾った女性たちは、エアハルトたちが憧れた都会の女性たちだ。

ベイムへと戻るところらしい。

「やだ。臭いわ」

「街道掃除なんて底辺の冒険者の仕事よね？」

「早く中に入りましょうよ」

自分たちをせせら笑って去っていく女性たちを見送り、エアハルトは舌打ちする。

「ちっ、ここも故郷と同じじゃねーか」

自分たちを馬鹿にした村の人間たちと同じだ。

期待していた都会の女も、一皮むけば嫌いな田舎の女と変わらないとエアハルトは思う。

（けど、マリアンヌさんは素敵だよな）

通り過ぎていった女性たちと比べ、マリアンヌがどれだけ素晴らしいのかを再確認するエアハルトだった。

門の外で水を借りて汚れを落としていると、近くにライエルたちがやって来た。

今日もシャノンとメイを連れている。

エアハルトたちの近くで、桶に入った水で手足を洗い始めた。

「今日も疲れたな」

ライエルがシャノンとメイに声をかける。

「メイ、水を飛ばさないでよ！」

「シャノンが先にやったんじゃないか！」

幼い二人は水を使いながらも賑やかだ。まだ遊びたい盛りだろうに、そんな二人をライエルは働かせている。

エアハルトにしてみれば、許せない話だ。

(男のくせに甲斐性のない野郎だな)

ライエルの噂はベイムでも広がっていた。

ハーレムパーティーを率いてベイムに来たのはいいが、試験も受けずに街道掃除をしているため目立っているのだ。

口さがない冒険者たちは、ライエルが女性に養われている「ヒモ」であると噂している。

実際、仲間たちが毎日のように働いている姿が目撃されているので、そんな噂が立つのも道理だろう。

(こんな男のどこがいいんだ?)

エアハルトからすれば、ライエルに従う仲間たちの気が知れない。

ライエルがシャノンとメイの手足を洗うのを手伝っていると、門から一人の女性が出てきた。

手にはかごを持っている。

サイドポニーを揺らしてやって来るのは、ノウェムだった。

作業終わりの冒険者たちが、ノウェムが来るとそわそわとざわつき始める。

エアハルトの仲間が吐き捨てた。

「ちくしょう。見せつけやがって」

ノウェムは小走りにライエルのところまで行くと、いそいそとかごから何かを取り出し始めた。

水筒やら、軽食やら、とにかく色々だ。

「ご苦労様です、ライエル様！」

しかし、ノウェムを見てライエルはゲンナリした様子だ。

「いや、迎えに来なくていいよ。汚れているから、俺たちはこのまま銭湯に向かうし」

迎えに来たノウェムを邪険にする態度も、エアハルトたちの気分を逆なでする。

（この野郎！　優しい女の子がお前のために色々持って来てくれるのに、何て態度をしていやがる）

ノウェムが持って来た水筒や軽食は、シャノンとメイに奪われていた。

「ありがとう、ノウェム。丁度喉が渇いていたのよね」

「僕はお腹が空いた～」

ノウェムが慌てる。

「二人とも、ライエル様の分は残しておいてください！」

オロオロとしているノウェムを見て、ライエルは笑っている。

「いいよ。戻ったらどうせ夕食だし。それより、汚れているから俺たちには触らない方がいいよ」

ノウェムはそんなことを言うライエルの手を握った。

「いいえ、大丈夫です。汚れていても、これは頑張って汚れた手じゃないですか。汚くはありません」

先程の女性たちとは大違いだ。

エアハルトは羨ましくてしょうがない。

(ちくしょう！　何でこんないい子がこいつなんかに！)

ライエルたちが洗い終わり、中に戻ろうとする。

その際にこんな話が聞こえてきた。

「ライエル様、ギルドから呼び出しがかかっていますよ」

「ギルドから？」

「はい。そろそろ三ヶ月になりますからね」

いったい何があるのか？

エアハルトは気になったが、すぐに自分たちには関係ないと興味を失うのだった。

(それより、俺も明日はマリアンヌさんのところに行くか。何かお土産を持って行ければ

いいんだけどな)
　明日が楽しみでしょうがないエアハルトだった──。

　冒険者ギルドに呼び出された俺は、職員から今後の話をされた。

「ベイムの冒険者ギルドは、貴方たちの働きぶりを評価しています」

　髭を蓄えた職員は、他の職員よりも立場が上らしい。

　案内された場所はいつものカウンターではなく、ソファーが用意された個室だ。

　職員は、嬉《うれ》しそうに話を続ける。

「近頃の冒険者は依頼の選り好みをしていけません。ですが、貴方たちはなにごとにも真面目に取り組んでくれた。ここまでの働きぶりを見て、十分に信用できると分かりました。なので、今度は実力を見せていただきたい」

　三ヶ月程度で信用を得られたとは思えないが、真面目に働く冒険者と認められたようだ。

「実力ですか？」

　職員は俺を見て微笑む。

「これもベイムのやり方でしてね。貴方や貴方のパーティーは、一般的な冒険者たちよりも優れていると考えています」

「何をすればいいんです？」

尋ねれば、職員はダンジョン攻略の計画を話し始めた。

「地上からスタートし、地下二十階まで降りてもらいます」

その内容は、俺たちがベイムに来た頃の攻略隊と同じだった。

「三ヶ月前にもありましたよね？」

「定期的に行っていますからね。魔物の間引きが目的です。放置していると、すぐに魔物が増えて困るのです」

「俺たちの役割は？」

「まずは中央に配置しましょう。その後は現場の責任者に判断してもらいます」

ダンジョンに入る際、隊列の中央には非戦闘員が集まっている。

前方と後方には戦える冒険者たちがいて、中央を守る形だ。

中央に配置されれば、活躍の場は少ないだろう。

職員が俺を試すような目で見てくる。

「いかがです？」

「引き受けますよ」

即答すると、職員が俺を面白そうに見た。

「若いのに血気にはやる様子がないですね。少し慎重すぎるようにも見えますが、勢いだけの冒険者よりも好感が持てますよ」
俺たちの会話を聞いていた六代目が、つまらなそうに呟《つぶや》いた。
『こいつ、ライエルを試したな』
試した、というのは――活躍の場が少ない場所に配置することだ。
嫌がって前方か後方に配置して欲しいと頼めば、その通りにしてくれただろう。
俺の対応を見ているのだ。
言ってしまえば、もう俺の実力を見るための試験は始まっている。
「何も戦うだけが冒険者の仕事ではないですからね」
俺の答えに、職員は小さく頷《うなず》いた。
「よく理解されていますね」
「資料室で試験内容について調べましたから」
そう言うと、職員は嬉《うれ》しそうに頬をゆるめた。
ベイムの冒険者ギルドは、この試験で俺たちがどう動くのかを見ている。
命令通りに動くのか？　実力はあるのか？　協調性は？
それらを総合的に判断して、合否を判定するのだろう。
実力が不足していても、命令通りに動いて協調性があれば合格だ。
逆に、命令を無視して協調性がなくても、強ければ許される。

重要なのは、ベイムの冒険者ギルドにとって役に立つのか、ということだ。

「実に頼もしい。期待していますよ」

職員がそう言ってソファーから立ち上がった。


宿屋に戻った俺は、仲間を集めると今後の予定を話す。

「ギルドが俺たちの力を見たいそうだ」

アリアとソフィアが目を輝かせて喜ぶが、その理由が酷い。

「これで代筆から解放されるのね！」

「長かった。この三ヶ月は長かったですよ！」

二人には向かない仕事だったようだ。

ノウェムが呆《あき》れている。

「お二人からすれば、ここからが本番なのでしょうね」

アリアもソフィアも、前衛としてバリバリ戦う武闘派だ。

手紙を書くよりも、武器を振り回す方が楽なのだろう。

メイが首をかしげていた。

「人間は凄いよね。迷宮を利用するんだからさ。僕たちはさっさと倒したいけど、ベイムの迷宮はちょっと無理かな。大きくなりすぎだよ」

麒麟《きりん》のメイでも、地下百階と言われるベイムの迷宮を一人で倒すことは出来ないらしい。

シャノンが暗い顔をしていた。

「ま、またダンジョンなの？　暗い場所で一ヶ月も過ごすなんて嫌よ」

こいつの場合、働きたくないだけだろう。

クラーラがシャノンに教える。

「ベイムのダンジョンは天井から光が差し込みますよ。薄暗くはあるそうですが、一応は日の光がありますね。夜はダンジョン内のたいまつが青白い炎を灯すそうです」

「え？　なら暗くないの？」

「──たいまつの数は少ないそうで、夜になれば暗いです」

「駄目じゃん！」

文句の多いシャノンに腹が立ってきたので、俺も会話に加わった。

「お前は暗いところは平気じゃなかったか？」

「魔物がウヨウヨいる場所は怖いのよ！　私はか弱いのよ」

「か弱い？　お前が？」

ヘラヘラと笑ってやれば、怒ったシャノンが蹴りを放ってくる。

それを避けたところで、エヴァが手を叩いた。

「はい、そこまで。話を戻しましょう。ライエル、そのための準備をするのよね？」

準備自体は問題ない。

ベイムでなら食糧だろうと武具だろうと簡単に揃う。

問題なのは人手だ。

俺を含めれば十人だが、この数字は冒険者として見ると多くはない。

ダミアンとリリィさんは連れて行かないというか、連れて行くと面倒なので置いていく。

そもそも参加したくないだろうし。

「人手以外は問題ないよ」

モニカが両手を腰に当てて威張《いば》っていた。

「このモニカがいれば百人力ですよ」

本当にそれだけの働きをしてくれるが、こいつ一人に頼っていても仕方がないのだ。

「出来れば今回の攻略で知り合いが出来ると良いんだけどな」

当然ながら人手を雇うことも考えた。

ミランダやエヴァが集めてくれる情報から、優秀な冒険者たちにも目星を付けている。

だが、今の俺にはベイムでの実績がない。

その状態で人を雇って今回の攻略を成功させても、それは雇った優秀な冒険者たちがいたからだと見られる。

だから、俺たちは自分たちの力だけで挑まなければいけなかった。

「しばらくはベイムで名前を売らないとね」

ノウェムが頷《うなず》く。

「はい、ライエル様」

さて、ベイムのダンジョンに挑むため準備を進めるとしよう。


――ベイムの冒険者ギルド。

エアハルトはマリアンヌから報酬のいい依頼を用意してもらった。

「ダンジョン攻略の手伝い？　もしかして、俺たちも一人前に認められたのか!?」

喜ぶエアハルトに、マリアンヌが水を差す。

「内容をよく読んで。お手伝いと書いているでしょう。荷運びや、設営のお手伝いがメインよ。間違っても戦おうとしないでね。これは試験じゃないのよ」

「け、けど」

冒険者らしい仕事かと思ったが、すぐに自分たちは戦力ではないのだと知って落ち込む。

マリアンヌが真剣な表情を見せた。

「エアハルト君――ダンジョンで死にそうになった事を忘れたの？」

「わ、忘れてない」

「なら、今回はしっかり働きなさい。周りにいる冒険者さんたちに守ってもらうのよ。この依頼が成功すれば、安い装備が揃えられるようになるから」

今回の報酬は期待できる。

何しろ、危険な場所に向かうのだ。

手伝いだろうと、一日でもらえる金額は街道掃除の倍以上である。

そのお金で装備を揃えるように、マリアンヌに勧められた。

「エアハルト君、まずは装備を揃えなさい。今後のために商売道具である武具は絶対に揃えておくの。いいわね？」

「お、おう！」

自分たちのことを心配してくれるマリアンヌに、エアハルトは感謝してもしきれなかった。

「装備が揃えば、外に出て魔物退治もいいわね。稼げるお金が増えてきたら、ベイムにある道場や私塾で色々と学ぶのもいいわ」

「道場？　マリアンヌさん、俺は我流で十分だぜ。何しろアーツが三つも――」

「エアハルト君」

マリアンヌが低い声で名前を呼ぶと、エアハルトは言い直す。

「え、えっと、三段階目まで使えます」

「よろしい。間違っても三つなんて言ったら駄目よ。魔具でも持っているのかと思われてしまうからね」

マリアンヌはエアハルトの間違いも根気よく訂正してくれていた。

エアハルトは、マリアンヌを見て頬を染める。

「あ、あのさ、マリアンヌさん。マリアンヌさんって、好きな人とかいるの？」

エアハルトが勇気を出して聞くと、マリアンヌは意味ありげに微笑む――。

「さぁ、どうかしらね？」


ベイムのダンジョン前にある広場。

事前調査のために何度か足を運んだ時には静かなものだったが、今日は広場に大勢の冒険者たちが集まっている。

武具はまちまちで、統一感のない集団ばかりだ。

その中でも異彩を放っているのは――やはり俺たちだった。

「何だこれ!?」

「馬なしで動く馬車だと!!」

間近で様子をうかがっているのは、アルバーノとクレートだ。

どちらも二十代の半ばでありながら、パーティーを率いるリーダーでもある。

今はポーターを前に興味津々の様子だった。

性格も格好も正反対な彼らだが、どちらもミランダが目を付けた冒険者だ。

アルバーノが率いるパーティーは、冒険者らしい冒険者たちだ。

軽装で動きやすい格好を好み、どんな場面でも活躍できるような装備を揃えている。

対してクレートは、フルプレート――全身鎧の集団を率いていた。

馬まで用意しており、騎士への憧れが強いようだ。

戦闘に特化しているために、それ以外で活躍するのは難しいと思われる集団だった。

どちらも、生まれも育ちも一般人で騎士でも貴族でもない。

そんな二人が、まったく違うパーティーを率いているのも面白い話だ。

俺は二人と話をする。

「アラムサースで開発された乗り物ですよ。もうじき、ベイムにも流れてくるんじゃないですかね？」

開発したのは俺だが、これを言うと面倒になるので黙っていることにした。

アルバーノは装甲板をノックして、厚みを確認している。

「弓矢じゃどうにもならないな。銃を使えば――駄目かな？」

どうやって対処するか考えているようだ。

クレートが注意をしていた。

「アルバーノ！　味方を倒すことを考えるな！」

「いつ敵と味方に別れるかもしれないだろうが。それにしても、便利そうだな」

俺が二人をなだめていると、責任者がやって来る。

「騒がしいな」

その人がやって来ると、二人とも静かになった。

この人もミランダの資料に書かれていたな。

「おはようございます。ノイ・ノイマンさんですよね？」

挨拶をすると、俺を見て笑顔になる。

「礼儀正しいね。よろしく頼むよ」

この人は冒険者であるが、出自は騎士だ。

主家をなくし、家族を連れてベイムに流れ着いて冒険者になった人——と、資料にあった。

冒険者としての生活も長いのだろうが、少し騎士だった頃の名残《なごり》がある。

礼儀正しく、真面目な人だった。

ノイさんに、アルバーノが尋ねる。

「アネットの姉御は参加しないのかい？」

「彼女は故郷に戻っている。彼女の騎士団も休暇中だよ」

「最近見ないと思えば、里帰りをしていたのか」

二人が世間話をしていると、クレートが話しかけてくる。

「それにしても、君のパーティーは随分とその――華やかだな」

女性ばかりであることをオブラートに包んで指摘してきたのは、この人の優しさだろう。

「女性だけを集めたわけではありませんが、いつの間にかこうなっていました」

「そ、そうか。だが、それなら気を付けた方がいい。君のようなパーティーは、男性から恨みを買いやすい。あと――その――仲間内で殺傷沙汰が多いからね」

本当に危険だよ。

外も中も危険だらけだ。

「気を付けますよ」

話をしていると、ノイさんが俺に伝えてくる。

「そろそろ出発だ」

――二度目の攻略隊に参加したエアハルトは、隊列の中にライエルの姿を見つけた。

「あいつも参加していたのか？」

荷物を背負い、荷馬車の隣を歩いているエアハルトたち。

対して、ライエルたちは金属製の大きな箱に車輪がついた乗り物に乗っていた。

馬もいないのに動く箱の上に座って、周囲を警戒している。

ライエルの隣には、綺麗なピンク色の髪をしたエルフの美女がいた。

弓を背負い、ライエルと一緒に周囲を警戒している。

二人は何か話をしているが、内容は聞こえてこない。

その様子を見て、エアハルトは毒づく。

「けっ！　女とイチャイチャしやがって。ここを遊び場と勘違いしていやがる」

エアハルトからすれば、ライエルたちは覚悟が足りないように見えていた――。


ダンジョン攻略隊に参加したが、ハッキリ言って暇だった。

ゆっくりと移動するポーターの天井に腰を下ろし、周囲を警戒しているが――暇だ。

そもそも、前方も後方も守られている。

中央に危険が及ぶことは滅多にない。

「暇よね」

同じような景色ばかりが続いており、一緒に見張りをしているエヴァも退屈していた。

「もう少しで交代だから、それまでの我慢だよ」

「魔物も出てこないし、移動速度も遅いし、本当に退屈」

文句の多いエヴァだが、目だけは周囲を警戒している。

それにしても、本当に不思議なダンジョンだ。

本当に大きな穴が開いており、その壁伝いに螺旋《らせん》状に道が続いている。

道には廃屋が並び、まるで滅んでしまった都のような場所だ。

グルグルと下っているのだろうが、同じ場所を進んでいるようにしか見えない。

天井――地上から光が差し込んでいるように見えるが、本当にどうなっているのだろうか？　傾斜も緩やかだ。

宝玉内からはノンビリした三代目の意見が聞こえてくる。

『このまま何事もなく地下二十階まで連れて行ってもらえるなら、それもいいと思うけどね。次回からはそこからスタートできるわけだし』

増えた魔物を減らすため、定期的に攻略隊が派遣される。

地下二十階まで進めば、次回からはそこから攻略を開始できるのだが――ダンジョンに入る許可をもらわなければ、意味がない。

「このまま楽が続いて、試験も合格なら最高だけどね」

俺の発言をエヴァは嫌がる。

「人生にはもっと驚きや感動が必要だと思うわよ。何か大きな事件でも起きないかしらね」

「俺は何事もない方が好きだけどね」

そのまま攻略隊はゆっくりと進み、段々と日の光が弱くなり辺りが暗くなってくると、廃屋に設置されたたいまつに青白い火が灯った。

馬に乗ったノイさんが近付いて来ると、周囲に向かって声を張り上げる。

「今日はここまでだ！　野営の準備に入ってくれ！」

攻略隊の活動は地味だ。

前方と後方には華々しく活躍している冒険者たちもいるが、彼らを支えるために中央に配置された俺たちには地味な仕事が多い。

「シャノン、もっと右だって。そっちは左だろ」

「はぁ？　あんたから見たら、右はこっちでしょう！」

俺とシャノンは食事の用意――ではなく、簡易の机と椅子を並べていた。

大勢がいるため、結構な数の長椅子が必要だ。

冒険者たちが集まる前に、食事の用意をしなければならない。

まぁ、俺たちは料理をしないので、周辺の手伝いをしているだけだ。

並べ終わると、シャノンが疲れた顔をする。

「もう二週間もこんなことばかりじゃない。飽きた。帰りた～い」

文句を言うシャノンのおでこを指で弾いた。

「残り二週間だ。もう少し我慢しろよ」

「何もなくて暇だもん。さっさと地下二十階まで降りましょうよ」

「それが出来たら苦労は――――ん？」

くだらない話をしていると、野営地に冒険者たちが慌てた様子で駆け込んでくる。

「た、大変だ！　亜種が出やがった！」

汗だくで息を切らした冒険者は、野営地にいる非戦闘員にすぐに逃げるように言って回る。

「仲間が持ち堪《こた》えている。今の内に早く逃げるんだ！」

野営地の近くに亜種が出現したと聞き混乱する攻略隊。

シャノンが俺の後ろに隠れ、服を握りしめてくる。

「な、何!?　亜種って何よ!?」

亜種とは〝成長〟を経験し、強くなった魔物だ。

成長は女神の恩恵であり、魔物には与えられていない、ということになっている。

そのため、魔物が成長したなどとは表立って言えない。

だから「亜種」と呼ばれていた。

「普通の魔物が強くなった奴だ。面倒なのは、強くなる方向性が決まっていないから対策が立てられないことかな？」

「それって危ないじゃない!?　何でそんなのんきなのよ！　というか、嬉《うれ》しそうじゃない!?」

亜種について歴代当主たちから教えられた時は、七人全員が揃っていた。

あの時は五月蝿《うるさ》い初代や真面目な二代目もいて、今よりも賑《にぎ》やかだったのを覚えている。

それを思い出して、顔に出ていたようだ。

「いや、少し前は俺も知らなくて、教えてもらったことを思い出して懐かしくなった」

どのように強くなったのか分からないので、前もって準備して挑むのとは違ってくる。

ベイムの冒険者たちがどのように動くのか見てみたい一方で、俺は心の中でチャンスが来たと喜ぶ。

騒がしい方角を見て、俺はシャノンの背中を軽く叩いた。

「騒ぎは向こうだ。ポーターのところにすぐに向かえ。みんなを集めろ」

シャノンが俺を見て不安そうにしている。

「はぁ!?　あんた一人ここに残るの!?」

「いいから行けって」

背中を無理矢理押して走らせると、シャノンはポーターを停めている場所に向かった。

俺は野営の準備をしていた人たちが逃げ惑う中を歩く。

人の流れとは逆に進みながら、右手で宝玉を握りしめた。

頭の中に鮮明な周辺地図が見えてくると、魔物と戦っている冒険者たちが光点として表示される。

魔物を集団で囲んで戦っているようだ。

「動きがいいな」

これまで見てきた冒険者たちとは違い、どのパーティーも実力者が揃っているのか被害は少なかった。

だが、亜種は魔物の群れも率いていて、それには苦戦しているようだ。

宝玉内の歴代当主たちが嬉しがっている。

『おや？　思っていたよりも大きなチャンスが来たね。後半で使ってもらえるかな、ってくらいにしか考えていなかったのに』

三代目はのんきなものだ。

そんな三代目に呆《あき》れる四代目だが、こちらもチャンスだと思っている。

『騒ぎが起きたのは残念ですけどね。ですが、ライエルの見せ場と思えば悪くない』

五代目は慌てて逃げる人たちを見ているようだ。

『素早く逃げてくれて助かるな』

彼らを守りながら戦うのは大変なので、逃げてくれて助かった。

冒険者たちは逃げる人たちを誘導しており、一人だけ逆に進む俺に構っている余裕はないようだ。

六代目は俺が見ている地図で敵の位置を確認しつつ、どのように動くべきか考えていた。

『ふむ、まずは敵の姿を見たいな。ライエル、建物の屋根から敵を観察しよう』

七代目は何か心配している。

どうやら、心配しているのは俺のことではない。

『早めに倒さなければ、手柄を奪われる。ライエル、急ぎなさい』

人の波が途切れない。なかなか先が見えないので、俺は駆け出して近くにある廃屋の屋根を見た。

崩れた塀を足場に屋根に飛び乗り、駆け出すと屋根を飛び移りながら敵のいる場所を目指す。

建物は平屋が多いが、二階建てや三階建てもある。

近くで一番高い建物に駆け上がり、そこから敵のいる場所を見た。

派手に戦闘をしているらしく、土煙が上がっている。

建物を壊しながら突き進む魔物の姿が見えた。

上半身は人間に近い。青白い肌のスキンヘッドで、赤い目を大きく開いている。

「ケンタウロスですかね？」

一階建ての建物よりも大きく、建物の隙間からチラチラ見える下半身は、牛か――馬だ。

そんな魔物を相手に、冒険者たちは屋根に登って遠距離から攻撃を仕掛けていた。

大きな魔物に苦戦を強いられているが、それでも十分に戦えているようだ。

時間はかかるだろうが、放置しても問題なさそうだった。

『ふん！　――やるではないか』

七代目が忌々《いまいま》しそうに呟《つぶや》くのは、冒険者が嫌いだからだ。

しかし、実力があるなら認めなくてはならない。

そのため、苛立《いらだ》っているのだろう。

「このまま見ているだけでも問題なさそうですね。まぁ、問題なのはあいつの後ろかな？」

大きな魔物の亜種ばかりに目がいくのだが、そいつが率いる魔物の群れも厄介だった。

数が多く、冒険者たちが倒すのに苦労している。

魔法を放ったのか、少し離れた場所で炎の柱が発生し、直後に爆発音が響く。

「派手にやっていますね」

思わず感想が口から漏れる。

様子を見ていた俺のところにミランダがやって来た。

ミランダは土から作り出したゴーレムの背に乗っており、ミランダの後ろにはアリアとソフィアが乗っていた。

アリアとソフィアがゴーレムから降りて、俺に状況を聞いてくる。

「どんな感じ!?」

興奮しているアリアをソフィアが窘《たしな》める。

「落ち着いてください、アリア！　ライエル殿、被害はどうなっていますか？」

ミランダは無言で戦闘の様子を見ていたが、俺の話には耳を傾けているようだ。

俺は三人に状況を説明する。

「厄介な亜種が出て来たけど、問題なのは敵の数だよ。このままだと、魔物の群れが野営地まで入り込みそうだ」

槍を担いだアリアは俺を安心させるように言う。

「野営地なら問題ないわ。だって、もうほとんど逃げたわよ」

「人は、ね。でもそれだとちょっと困るんだ」

既に人は逃げた――のだが、野営地には攻略隊の大事な荷物がある。

それを荒らされてしまっては、この攻略は失敗だ。

地上に戻るしかない。

ギルドがどのように判断するのか知らないが、俺としては避けたかった。

ミランダが俺に視線を向けてくる。

「――それで、どうするの？」

俺は戦っている冒険者たちを見ながら、腕を組んでどうするか悩んだ。

ここで無理に参加すれば、面白く思わない連中も出てくるだろう。

だが、実力を売り込むには絶好の機会だ。

宝玉を一度握りしめると、三代目が普段通りの口調で告げてくる。

『好きにしなよ。ライエルの自由だ』

俺は宝玉を手放し、三人に伝える。

「出来れば派手に参加したいから、目立つように戦って欲しい。あと俺は――先に面倒な亜種を倒そうかな」

コントロールは難しいが、よく狙えば一撃で亜種だろうと倒せる。

せっかくの機会だ。

派手に行こう。

百二話　期待のルーキー

——至る所から戦闘の音が聞こえてくる。
建物が崩れる音。魔法が放たれた音。
冒険者たちが魔物と戦い、金属がぶつかる音や叫び声も聞こえてくる。
そんな場所で、逃げ遅れたエアハルトは——廃屋に隠れ、息を潜めていた。
「どうしてこうなるんだよ」
連日の手伝いが嫌になっていたところに起きた、魔物との戦闘。
それでもマリアンヌとの約束もあり、戦いに参加しようとは思わなかった。
ただ——他の冒険者たちがどのように戦っているのか、興味が出た。
なんとか前線を覗《のぞ》けないかと、中央から物資を届ける仕事を引き受けたのだ。
戦っている冒険者たちに物資を届けるついでに、その様子も見ることが出来る、と。
仲間は嫌がったので置いてきたのだが、護衛の冒険者たちもいたので安心していた。
ただの荷物持ちだ。何の問題もない。
戦う必要がなく、何の心配もないはずだった。

なのに。

逃げ込んだ廃屋は巨大なモンスターの足音がする度に、天井から砂や埃が落ちてくる。

いつ崩れてもおかしくないが、怖くて外には逃げられなかった。

怯《おび》えながら窓に近付き外の様子をうかがうと、今までに見たこともない大きさの魔物がその手に持った棍棒《こんぼう》を振り回していた。

逃げ回る冒険者に向かって振り下ろした棍棒が、廃屋の一つを叩き潰す。

(あんなの、どうやって倒せっていうんだよ！)

あのような化け物が存在するのか？　そもそも倒せるのか？

震えるエアハルトがそのまま様子を見ていると、亜種の頭部に光る何かが当たり、貫通した。

一瞬のことだったが、その後すぐに魔物が動きを止め――頭部が弾け飛んだ。

周囲に血肉が飛び散り、頭部を失った魔物がゆっくりと倒れていく。

廃屋を二軒巻き込み押しつぶして倒れると、動かなくなった。

「――え？」

エアハルトには、いったい何が起きたのか理解できなかった。

それは戦っていた冒険者たちも同じだ。

「魔法か!?」

「いったい誰がやった！」

「何でもいい。このまま他の魔物を片付けるぞ！」

強敵が倒れたことで、冒険者たちの士気が上がっている。

エアハルトは廃屋から出て辺りに視線を巡らせた。すると、近くの一番高い建物の上に弓を手に残心の構えで立つ男が見えた。

――ライエルだった。

「あ、あいつがやったのか!?」

やがて銀色の弓をどうやったのか消したライエルは、近くにいる魔物と見間違うばかりの生き物に跨《また》がるとこちらに向かってくる。

「な、何だよ。何なんだよ」

近付いてくるライエルに怯《おび》え、エアハルトがその場に座り込んで頭を抱えると、女性の声がした。

「逃げ遅れたの？　まったく――」

顔を上げると、ライエルがサーベルを持って魔物の背から飛び降り、エアハルトに駆け寄ってくる。

「く、来るなぁぁぁ！」

自分に向かってくるライエルの顔は、ギルドで絡んだ時とは別人だった。

目だ。目が怖い。普段馬鹿にしていたライエルの姿は、そこにはなかった。

ライエルはエアハルトに向かってサーベルの切っ先を向けて——。

「そのましゃがんでいろ！」

——短く叫ぶと、そのままエアハルトを跳び越えた。

俯《うつむ》いていたエアハルトは、しばらく間を開けてから恐る恐る顔を上げ、ライエルの方を見る。

すると、そこにはエアハルトよりも大きな——オークと呼ばれる魔物を倒したライエルが立っていた。

サーベルについた血を拭き取っている。

「え？　あ、あれ？」

エアハルトは気付かない内に、オークに接近されていたのだ。

魔物に乗ったミランダが、ライエルに近付くと手を伸ばした。

その手を握ったライエルが、また魔物——虎のような姿をした何かに跨がる。

「次はどこに届ければいいのかしら？」

「この道を進んでもらえればいいよ。あと、そこの人」

ライエルがエアハルトに声をかけてきた。

どうやらエアハルトだとは気が付いていないようだ。

「この道を進めば野営地が見えるから、そこまですぐに逃げた方がいい。ミランダ、急いで」

ライエルはミランダの後ろに乗り、両手で腰の辺りを抱きしめる。

「まったく、忙しいわね」

ライエルとミランダが去って行くと、エアハルトはこれまでに感じたことがないほどの屈辱感に苛《さいな》まれた――。

俺はミランダの作り出したゴーレムの背に乗り、戦場を走り回っていた。

廃屋の屋根から屋根へと飛び移るゴーレムは、動きも激しい。

掴《つか》む場所がないためミランダに背中から抱きついているのが、何とも情けない限りだ。

「ねぇ、手すりとか作ってよ。作れるよね？」

ミランダに苦情を入れるが、笑顔で返される。

「そんなことをしたら、ライエルが抱きついてくれないじゃない。それだと寂しいわ」

ミランダは良いかもしれないが、俺は戦場で女に抱きついている格好を晒《さら》しているので恥ずかしい。

「もういいよ。飛び降りる」

別に嫌になって降りるのではなく、目的地に到着したからだ。

手を離すと、ミランダはちょっとだけ残念そうにしていた。

「私は別の場所に向かうわ。ライエルも無茶はしないでね」

「そっちもね」

飛び降りて着地をした俺は、サーベルを抜いて周囲にいた魔物を斬りつけた。

魔物と戦っていた冒険者たちが、俺の登場に安堵の表情を見せる。

中には口笛を吹く奴もいた。

「おいおい、戦場で見せつけるなよ」

そう言って声をかけてきた冒険者は、俺の背中に回ると自分の背を合わせる。

互いに背を守る形になった。

「遅れて申し訳ありません。実はベイムのダンジョンに入るのはこれが初めてでして」

これだけ言うと、相手も理解したようだ。

「お前、余所《よそ》から来た新人か？　でも、助かったぜ」

槍を持った冒険者が、飛びかかってきたモンスターを串刺しにしていた。

俺も目の前にいる敵を斬る。

「状況はどうです？」

「——負けはしないだろうが、ちっとばかし流れが悪いな。こいつらに野営地を荒らされると、撤退することになる。そうなると報酬が減るんだよ」

思った通りだ。

「それは困りますね。今回の試験で合格したいので、ここは無茶をしてでも協力しますよ」

「嘘つけ！　お前みたいな連中は、こういう時はチャンスが来たって喜ぶんだ。まったく、実力のある連中はこれだから」

俺以外にも同じようなことを考えている奴は多いようだ。

押し寄せてくる魔物の一体を両手持ちしたサーベルで両断すると、それを見ていた他の冒険者が驚いていた。

「サーベルでそんな戦い方をする奴は初めて見たぜ」

「どうも」

俺が駆けつけたことで、周囲の冒険者たちにはいくらか余裕が出て来たらしい。

悪くない状況だ。

この場が持ち直すと、そこに廃屋を突き破って一体の魔物が飛び出してきた。

それはとても大きな牛のような魔物で、その背中には――アルバーノの姿があった。

魔物の角を両手で掴《つか》み、振り落とされないようにしている。

よく見れば、魔物の体には剣や槍が突き刺さっていた。

「こ、この！　こいつ、暴れるなっての！」

アルバーノが暴れる牛から振り落とされないように苦戦していると、突き破られた壁からもう一人が飛び出してくる。

クレートだ。

「派手だな」

思わず呟《つぶや》いてしまった。

馬に乗って槍を持ったクレートは、その勢いのまま魔物の急所に槍を突き刺した。

暴れていた魔物が血を吐いて倒れると、アルバーノが地面に落ちて転がる。

壁にぶつかって止まったところに、クレートが馬を下りて近付いた。

アルバーノはヘラヘラ笑っているので、怪我はしていないようだ。

「助かったぜ、クレート」

そんなアルバーノに手を貸して立たせたクレートは、そのまま頬をぶん殴った。

周囲の冒険者たちが止めに入る。

「おい、何してんだ！」

「お前ら、こんな時に喧嘩をするな！」

「誰かこいつらを押さえろ！」

すると、三人に羽交い締めにされたクレートが、兜のフェイス部分を開けると激高して怒鳴った。

「ふざけるなよ、アルバーノ！　お前はいつも人の邪魔ばかりをする！」

何かあったようだ。

アルバーノも苛立《いらだ》っている。

「お前らがちんたらしているからだろうが！　こっちが代わりに倒してやろうとしたんだ。礼くらい言ったらどうだ、この似非《えせ》騎士が！」

「似非だと？　よくも言ったな！」

二人が喧嘩をするのを、周囲の冒険者たちが必死に止めていた。

俺の背中を守ってくれた冒険者が、槍を地面に突き刺して周囲を警戒しながら話しかけてきた。

「アルバーノとクレートはいつもこうだ。二人とも実力はあるが、水と油でね。いつも喧嘩になる」

「みたいですね」

こんな状況で喧嘩をしてもらっていても困る。

そこへ、ノイさんが馬に乗ってやって来た。

「また君たちか」

ノイさんの前では、アルバーノもクレートも大人しくなる。

「だ、旦那。これは違うんだ。クレートの野郎が」

「ひ、卑怯だぞ、アルバーノ！　ノイ殿、これは誤解だ。アルバーノが」

言い訳をする二人を前に、ノイさんが一喝した。

「状況を考えないか！　ここが片付いたら、すぐに他の場所へ向かえ！」

さっきから話しかけてくる冒険者が、ノイさんのことを褒めていた。

「流石《さすが》は元騎士だな。頼りになるぜ」

ノイさんは周囲を見回し冒険者たちに声をかける。

「手の空いた者は、すぐに味方の救援に向かってくれ！　他の場所では魔物の群れに押されているからな」

そう言って馬を走らせ去って行く。

俺の横を通り過ぎる際に、見られていた気がしたが何も言われなかった。

クレートが兜のフェイス部分を閉めて馬に跨《また》がり、仲間と合流するため駆け出そうとしていた。

すると、すかさずアルバーノもその後ろに乗る。

「アルバーノ、降りろ！」

「戻るならついでに送ってくれよ。これ以上、ノイの旦那に怒られたくないだろ？」

「くっ！」

二人がこの場を去ると、俺も次へと向かうことにした。

——次々に押し寄せる魔物の群れを相手にするのは、戦斧《バトルアックス》を手にしたソフィアだった。

「ふっ！」

男でも取り回すのが難しい大きな斧を綺麗に横に振り抜くと、魔物の首が飛ぶ。

魔物の群れの中、ソフィアは一人で暴れ回っていた。

戦斧を振り回して敵を倒していくその姿を見て、周囲の冒険者たちが青ざめる。

「何だあの女⁉」

「新手のアマゾネスか」

「見た目は可愛いのに、勿体ねぇ！」

戦斧を振るう度に血しぶきが舞うため、ソフィアも返り血で汚れて赤く染まっていた。

そんなソフィアに、四方から魔物が襲いかかる。

同時に来られると厄介だと判断したソフィアは、自身の体重を軽くすると少し屈《かが》んで反動をつけて跳び上がった。

飛びかかった魔物たちは、そのまま仲間同士でぶつかり合う。

舞い上がったソフィアは、随分と高く跳んでいた。

周囲を見渡せば、ソフィア以外も戦っている。

アリアを見れば、自分以上に暴れ回っていた。

血しぶきが次々に上がり、周囲の冒険者たちの歓声が聞こえてくる。

違う場所ではミランダがゴーレムを三体用意して、魔物たちを次々に倒していた。

「皆さん凄いですね」

自分も負けていられないと、ソフィアは地面を見た。

軽くなったことで滞空時間が長く、見上げる魔物も冒険者たちも驚いている。

「数が多い。ならば！」

ソフィアは拾い集めていた小石を片手で懐から出すと、その重みを増やして地面に投げ付けた。

重みを増した石礫《いしつぶて》は、真上から投げ付けたこともあって威力が増している。

魔物に当たると、ほとんどが即死した。

そうやってある程度魔物の数を減らしたところで地面に降り立ち、また戦斧を構える。

「さぁ、かかってきなさい！」

その戦い振りを見ていた冒険者たちは、ソフィアに喝采を送るのだった――。

――攻略隊の中央。

そこにポーターを配置して、ライエルたちを突破してくる敵を待ち構えるのはエヴァだった。

ライエルたちが遠くで派手に暴れているのか、あちらこちらから土煙が上がっている。

その様子をポーターの上から見ているエヴァは、感心した声を出す。

「アリアとソフィアも派手に暴れているわね」

ここ最近、暴れられなかったのでストレスでもたまっていたのかもしれない。

そんなことを考えるエヴァは、つまらなそうにしているメイに顔を向ける。

「あんた、拗《す》ねているの？」

メイも戦おうとしたのだが、ミランダに止められたのだ。

「僕だって派手に暴れられるのに」

不満そうなメイに、エヴァは自重するように説得を試みた。

「あんたが本気を出せば悪目立ちするわよ。それより、私のことを守ってよ。私、戦えるけど本職は歌手だから」

荒事もこなせるが、エヴァの本分は別にある。

アリアやソフィアのように、強さを追い求めることはしない。

精々、身を守ることが出来れば良いと考えていた。

「エルフは昔から物語や歌が好きだよね。君は本気で鍛えれば、きっと強くなれると思うけど？」

「生憎《あいにく》と必要以上の強さはいらないの。私が求めているのは歌手としての実力よ。戦闘はアリアやソフィアに任せるわ」

　メイは派手に土煙が上がった場所に視線を向けた。

　そこで暴れているのはアリアだ。

「あの二人って人間にしては凄いよね。純粋な強さだとミランダをすぐに超えちゃうんじゃない？」

　万能型のミランダよりも、二人は戦闘面に特化していた。

　強くて当たり前だ。

　そもそも、二人は時間があれば鍛えている。

「ミランダはタイプが違うからね。あの二人に同じ事は出来ないし、それでもいいと思うわ」

　だが、ミランダのような働きは出来ない。

　エヴァが次に視線を向けたのは、ポーターの近くに用意された簡易のベッドだ。

　そこには怪我をした冒険者たちが運び込まれている。

　治療を担当しているのはノウェムと――お手伝いのシャノンだった。

　ぶつくさ文句を言いながら、モニカも手伝っている。

「どうして私がお留守番なのですか？　チキン野郎のお側《そば》で、戦闘のサポートをしたかったのに」

迷宮内でメイド服という、ふざけた格好をしているモニカは本当に強い。

そして、パーティーを支えている重要な存在でもある。

日常のサポートを全てこなす、ありがたい存在だ。

シャノンがノウェムに頼まれ、色々と手伝っている。

「シャノンちゃん、新しい包帯を用意してください」

「またなの!? さっき持って来たばかりなのに」

エヴァは全員がそれぞれの役割を果たしている姿を見て、嬉《うれ》しそうな顔をした。

それを見たメイが不思議がっている。

「何か楽しいことでもあったの？」

「そうね。このパーティーが実に優秀だって分かったことかな？ 英雄の仲間として、華もあって実力もあるなんていいじゃない。今回の出来事も歌や物語にしようかしら？」

ライエルが主役の物語を歌う。

そのためにパーティーに参加したエヴァは、以前よりも力を付けている仲間を誇らしく思うのだった――。


戦闘が終わると、辺りは暗くなっていた。

たいまつやらランタンやらを持ち寄り、主立った者たちを集めたノイさんが難しい表情をしている。

「思ったよりも怪我人が多いな」

そんなノイさんに、他の冒険者のまとめ役たちが相談する。

「死者は少ないが、怪我人を送り返せば人数が足りなくなるな」

「亜種が出てくるなんて運が悪い」

「ギルドに新しいパーティーを送ってもらうか？」

その様子をパーティーのリーダーたちが見守っていた。

集まっているのはパーティーを率いるリーダーたちで、俺の横には馴れ馴れしく絡んでくるアルバーノがいる。

「よう、ライエル。お前らの活躍を聞いたぜ。派手に暴れ回ったらしいな」

「頼もしいでしょ」

そう返事をすると、アルバーノは笑って返してくる。

「あんな怖い女たちに囲まれて、そう言えるならたいしたもんだ。――で、ここからが本題だ。お前、うちと組まないか？」

「組む？」

何の提案だろうか？　そう思っていると、クレートがやって来た。

「ライエル君、気を付けた方がいい。アルバーノと組むと大変だぞ」

「クレート、てめぇ！」

二人が言い争いを始めようとすると、ノイさんがこちらを見ていた。

それに気が付いた二人が声を小さくする。

「ライエル、組むって言ってもこの攻略の間だけだ。お前のところは怪我の治療も出来るだろ？　俺たちも色々と出来るが、治療は応急処置くらいしか出来ないんだ。お前らがいれば、少しは無茶も出来るからな」

アルバーノの目的は、ノウェムの治療魔法のようだ。

ノウェムを引き抜くのではなく、お互いに協力しようというところに好感が持てる。

ただ——。

「見返りは？」

——俺に見返りがない。

俺の返事を聞いていた宝玉内の歴代当主たち——特に六代目はご機嫌だった。

『お前も交渉が出来るようになったんだな、ライエル。俺は嬉《うれ》しいぞ』

俺に見返りを求められたアルバーノが、少し弱ったという顔をしていた。

「見た目はお坊ちゃんの癖に、強《したた》かじゃねーか」

とは言いながらも、俺が交渉に乗ったことで少し嬉しそうだ。

「——お前、ベイムに来て三ヶ月だったか？　なら、まだ知らない事も多いんじゃないか？」

「仲間と一緒にその辺のことも調べていますよ」

「だろうな。お前は抜け目がなさそうだ。だが、ベイムで活動している俺から話を聞いたら、時間の短縮になるぜ」

情報と引き換えということか。

悪くない話だ。今回限りだし、何よりも今の俺たちは情報が欲しい。

すると、クレートもここで参加してくる。

「では、私も情報を提供しよう。その代わり、我々が怪我をした時は治療して欲しい」

「クレート、先に頼んだのは俺だぞ」

「別にお前たちとだけ組むとは言っていないだろう？　ライエル君の判断次第だ」

また喧嘩をしそうな雰囲気になってきたところに、話し合いの終わったノイさんがやって来た。

二人が黙る。

「ライエル君、君たちの活躍は他の者たちから聞いた。よければ、明日からは我々に協力してもらいたい」

予想通りのお誘いだった。

「構いませんよ。そのつもりでしたからね」

ノイさんが苦笑いをする。

「まったく——その年齢で随分と頼もしいな。それに落ち着きもある。アルバーノ、クレート、二人とも少しは見習ったらどうだ？」

言われた二人が居心地悪そうにしていた。


——話し合っている冒険者たちの様子を、物陰からエアハルトがうかがっていた。

以前、自分を相手にもしなかった冒険者たちが、ライエルに楽しそうに話しかけている。そればかりか、攻略隊を率いる幹部であるノイまでライエルを認めていた。

エアハルトは情けなくて拳を握りしめる。

「何でだよ」

ライエルなど、女の後ろに隠れて何も出来ないぼんぼんだと思っていた。

だが、戦っている姿を見て理解した。

自分などよりもはるかに実力がある、と。

その理由を考えると、一つの答えに行き着く。

持って生まれた才能。

それがエアハルトはたまらなく羨ましく、妬ましかった——。

——その頃。

ライエルの帰りを待つソフィアたちは、手頃な廃屋の一つで野営の準備を済ませていた。

比較的状態のいい建物を選び、そこで休む。ベイムのダンジョンならではの光景だ。

ソフィアは、クラーラが用意してくれた大きな桶に入った湯で体を洗っていた。

部屋に置いたランタンの光を頼りに、一通り体の汚れを落としてから桶に座って温まる。

「廃屋ですが、家があるっていいですね」

一般的に、ダンジョン内で普通に体を洗うとしたら仲間の視線に晒《さら》される。

仲間から離れて行動するのは危険だからだ。

今も部屋の入り口の向こうには、クラーラが木箱に座って本を読んでいる。

ただ、ここでは壁があって気にする人の目が少ないのはいい。

ガラスの割れた窓から外を見れば、暗くてほとんど何も見えない。

「ライエル殿は、まだ戻ってこないのですね」

戦闘が終わって随分と経つが、ライエルはまだ帰らない。

ミランダも体を洗うとすぐにどこかへと向かってしまった。

独り言だったのだが、律儀にクラーラが返してくる。

「ライエルさんは攻略隊の主要メンバーと会議中ですね。今回の戦闘で少なくない被害が出ました。その対応もあって時間がかかっているのではないでしょうか？」

ソフィアはライエルに感心する。

戦闘後、疲れているだろうに今後の話し合いにも参加しているからだ。

ソフィアはもうクタクタで、出来れば難しい話などしたくない。

「ライエル殿も凄いですよね。少し前まで頼りなかったのに、今では大人たちに混ざって話し合いをしているんですから」

ライエルと知り合ったのは一年以上前だ。その頃からすれば、ライエルは随分と変わった。頼りない青年が、今では立派なリーダーになっている。

クラーラも同意する。

「確かに随分と頼もしくなりましたね。本人の中で明確な目的が出来たおかげではないでしょうか？　相当な努力をしていますし。気付いてくれる人は少ないですが」

セレスを倒すと決めてからのライエルは、今まで以上に努力していた。

ただ鍛えるだけではなく、今後のために必要なことに頭を悩ませてもいる。

ソフィアはそれが凄いと思うのだ。

（私は斧を振り回すだけなのに、パーティーの運用や今後のことまで考えて――本当に凄いです）

しかし、クラーラは残念そうに続けた。

「ライエルさん、ベイムに来てからも評価は低かったですからね。ここでどうにか挽回して欲しいです」

「え？　そうなんですか!?」

ライエルの評判が悪いと聞いて、ソフィアは驚いた。

あんなに頑張っているのに、どうして認めてもらえないのか、と。

「知らなかったんですか？　ギルドでは有名でしたよ。女性ばかりのパーティーに男性一人ですし、どうしても目立ちますからね。それに、ベイムに来てからやっているのは簡単な依頼ばかりです。口の悪い人たちは、ライエルさんのことを〝ヒモ野郎〟って呼んでいましたよ」

「何ですかそれは！」

顔を赤くして怒ったソフィアは、桶から立ち上がると入り口から顔を出してクラーラに詰め寄った。大きな胸がクラーラの目の前に突き出される。

クラーラは少しだけ普段よりも目を細め、それからソフィアに言う。

「私に文句を言われても困りますよ。そもそも、ベイムでは目立った活動をしていませんし、評価が低いのは仕方ありません。どうしても悪い意味で目立ってしまうので、悪口の方が多いという話です」

「それが嫌なんです！　ライエル殿は頑張っています。朝早くから鍛錬をして、夜遅くまで色々と悩んでいます。それなのに、ヒモ野郎だなんて」

クラーラはソフィアに体を拭くように言い、それから仕方がないと説明する。

「努力は人には見えません。だから、今回の一件で少しは評価が変われば、と私も思っていますよ」

ソフィアが落ち込む。

「そ、そうですね。クラーラさんに言っても仕方のないことでした」

身近にいれば、ライエルが苦労しているのはよく分かる。

だが、周囲から見れば、のんきに見えているのだろう。

普通なら、実力のある者はすぐに試験を受けて冒険者として活動を開始する。

それをしないライエルが侮られても仕方がない。

クラーラは少しだけ嬉《うれ》しそうに続けた。

「でも、明日からが楽しみですね」

「そ、そうですよね！　明日からはきっとライエル殿の評価も正しくなるはずです！」

ソフィアはそれを聞いて安心するのだった――。

百三話　実力者たち

翌日から俺たちの役割は変わった。

昨日までは中央の手伝いと、非戦闘員の護衛として配置されていた。

だが、今日からは戦力として認められ、前線に置かれている。

ポーターを中心に徒歩で移動する俺たちは、周囲を警戒しながら進んでいた。

今までは魔物を排除した場所を進んでいたが、これからは違う。

アリアやエヴァが周囲を警戒している。

俺自身は宝玉を握りしめ、周囲の状況を探っていた。

――このまま進めば、そこにいる魔物の集団と戦闘になるのが分かっている。

ただ、これも経験だ。

アリアとエヴァには教えていない。

ポーターの天井から周囲を見ているエヴァが、屋根の上に潜んで冒険者たちを待ち構えている魔物に注意していた。

アリアは徒歩で、周囲――主に建物に隠れている敵に警戒している。

「隠れる場所が多くて嫌になるわね」

廃屋が並んでおり、隠れる場所には困らない。

そうした場所に潜んでいる魔物がいたら、厄介だった。

俺には見えているが、仲間たちには敵がどこにいるのか分からない。

それを卑怯だとシャノンは騒いだが、アリアは「いい練習になる」と言って受け入れた。

頼もしくなったものだ。

ノウェムが俺に近付いてくる。

「ライエル様、昨晩は遅かったのですから、ポーターで休まれてはいかがですか？」

俺を気遣ってくれるノウェムにお礼を言う。

「ありがとう。でも、ただ歩いているだけだから問題ないよ」

「普通はもっと警戒して、精神的に疲れるものなのですけどね」

実際、アリアが精神的に疲れ始めている。

こまめに休憩を取って休んではいるが、アリアの代わりや人手が足りないのは痛い。

「もっと人を増やしたいけど、今回の一件で少しは名前が売れるかな？」

名前が売れれば、仲間を集めやすい。

誰しも実力のある集団にお世話になりたいし、その方が稼げるからだ。

「こちらを利用しようと、すり寄ってくる者たちもいます。ライエル様も注意してください」

「そっちも問題なんだけど――」

六代目のアーツも万能ではないからな。

こちらを利用しようとしている相手には反応がない。

騙してやろうとする連中は見破れるので、敵意の有無が重要になってくる。

話をしていると、アリアが足を止めて手を横に伸ばした。

全員が止まり、武器を手に取るとアリアがゆっくりと地面の小石を拾って――そのまま廃屋の一つに投げ付ける。

すると、気付かれたことを察した魔物たちが、廃屋からゾロゾロと出てくる。

俺はアリアに拍手を送った。

「よく気付いたな」

褒めた俺に、アリアは呆《あき》れた様子で振り返った。

「これくらい気付くわよ。それより、見てないで手伝いなさいよね」

魔物たちはゴブリン――よりも大きな、ホブゴブリンと呼ばれる種類だった。

大きさは人と同じくらいで、ゴブリンたちよりも頭がいい。

道具を器用に使ってくるし、力も人より強い。

普通に厄介な魔物で、こうして廃屋に潜んで冒険者たちを待ち伏せることも多いとギルドの資料に書かれていた。

サーベルを引き抜こうとすると、ノウェムが前に出る。

その手に銀色の杖を握り、魔物たちに向けると魔法を放った。

「ウインド――カノン」

風がノウェムの杖の先端に集まり、周囲に風の流れが発生した。

すぐに風は強くなり、不規則に乱れていく。

魔法を放たれたホブゴブリンたちは、見えない風に吹き飛ばされてしまう。

地面に、壁に――叩き付けられた魔物たちは、起き上がってこなかった。

「一撃か」

感心すると、ノウェムが俺に振り返ってきた。

「この程度の魔物は、ライエル様が相手をするまでもありませんので」

確かに苦戦しないだろうが、だから何もしないというのは気が引ける。

そんな俺の気持ちを察しないのがもう一人。

――シャノンだ。

「え～、それって何だかヒモっぽい。正真正銘のヒモじゃない？」

ヒモ――女性に働かせ、経済的に支えてもらう男という意味で言っているのだろう。

俺は違うが、そう思われているのも知っている。

だが、俺は働いているし、ヒモじゃない。

俺はシャノンのほっぺたを指でつまむ。

「誰がヒモだ？　俺よりも働いていないお前が言うんじゃない」

「わらひだってはらいてまふ～」

私だって働いていると言いたいのだろうが、俺だって働いていた。

「お前と同じように働いていた俺がヒモ扱いなら、お前も同じだって分かっているの？」

シャノンと言い合っていると、それを見たソフィアが呆《あき》れていた。

「二人とも、喧嘩はそこまでにしましょうよ」

アリアは魔物が本当に死んだのか確認して回り、エヴァは周囲の警戒中。

メイはポーターの中で眠っており、クラーラは運転中だ。

ノウェムはオロオロとしており、ミランダは俺たちを笑って見ている。

「ライエル様はヒモではありませんよ。この程度の相手に、ライエル様が自らというのが駄目というわけで――」

「あら？　私はそれでもいいわよ。ライエル、ヒモになりたいならいつでも言ってね。私が養ってあげるわ」

ミランダが俺の面倒を見てもいいとからかってくる中、一人だけ本気の目をした奴がいた。

「ヒモ――何とも素晴らしい響き！　このモニカのご主人様に相応《ふさわ》しいのは、やっぱりチキン野郎でしたね。これはもう、朝から晩までお世話して差し上げますよ」

本気で喜んでいるモニカを見て、俺もシャノンも引いた。

あと、ノウェムが本気で怒った顔をしている。

無表情になり、淡々とモニカに説教を始めた。

「甘やかしてもらっては困ります。そもそも、ライエル様のためを思えば時には厳しくするのも優しさでは？　貴女のお世話は、人を堕落させてしまいますよ」

モニカはノウェムに笑顔で言い返す。

「堕落して結構！　私の存在意義は、人をお世話することです。何もしないヒモ野郎のチキン野郎は、まさに理想のご主人様ですよ。人として何も出来ない底辺だろうと、私は一向に構いません！　あ～、ヒモ――何て素敵な響きでしょう！　私がいないと何もできないチキン野郎を妄想すると――あ、いけない涎《よだれ》が」

本気の目をしてそう言っているモニカを見て、俺もシャノンも冷静になった。

俺は心に誓うのだ。

「次は俺が戦うよ」

シャノンも同様だった。

何か思うところがあったのだろう。

「私ももっと頑張るわ。お勉強するから、ポーターに乗るわね」

「頑張れよ～」

手を振って見送ると、モニカが本気で慌てていた。

「何故にやる気を出すのですか!?　このモニカが喜んでお世話するのに！」

「お前に世話されてヒモ扱いを受けるなら、俺は頑張って働くよ」

俺の発言に、笑顔になるのはノウェムだった。

「流石《さすが》ですね、ライエル様。その気持ちが大事ですよ」

モニカとの冗談のようなやり取りを本気にしているようだ。

そして、本気にしていたのはモニカも同じだった。

「そんなぁ～!!」

本心から残念がっているモニカから視線を外し、俺は宝玉を握りしめる。

頭の中に周辺の地図が立体的に表示された。

どこに敵が潜んでいるのかも手に取るように分かる。

「――こっちだ」

アリアと交代して、先頭を歩き出した俺にパーティーメンバーたちがついてくる。

倒した魔物を見て、アリアが溜息を吐いた。

「魔石や素材は回収しないで放置、っていうのもなんか嫌ね。稼いでいる気がしないわ」

ソフィアも同様に、倒れた魔物たちを見ている。

「後ろの方たちが回収してくれるそうですが、やっぱり勿体ない気がしますよね」

職業柄、倒した魔物からは魔石や素材を剥ぎ取ってきた。

そのため、放置して移動するのが落ち着かないようだ。

職業病というやつかな？

一年前までは、魔物から魔石や素材を剥ぎ取ることを嫌がっていたようには見えない。


――ライエルたちの様子をうかがっている男がいた。

アルバーノだ。

コソコソとライエルたちの後ろを追いかけ、その様子を見ていた。

「あの野郎、この迷路の中で迷いなく進んでいるな」

ライエルたちが一度も引き返すなどの行動をしていない事に気が付き、そうしたアーツを持っているのかと予想する。

「実力もあるが、ダンジョンに特化したパーティーか？」

アルバーノは一人で色々と考え、そして髪をかいた。

「これはつけ回しているのも知られているな」

ライエルたちが潜んでいるモンスターたちを手際よく見つけているのを見て、アルバーノは離れることにした。

「まぁ、実力のある連中だって分かったからいいか」

廃屋の屋根から屋根へと飛び移るように移動していくアルバーノは、笑みを浮かべる。

「面白い連中がやって来たな。これから楽しくなりそうだぜ」

アルバーノはそのまま、自分のパーティーへと戻るのだった――。


その日の夜。

ポーターの周辺には、アルバーノやクレートが率いる冒険者パーティーが集まっている。

焚火をいくつも用意して、ちょっとした宴会を開いていた。

モニカが作った料理を前に、アルバーノもクレートも酒を楽しそうに飲んでいた。

「いや〜、久しぶりにうまい飯にありつけたぜ！」

アルバーノが肉料理を豪快に食べ始める横で、クレートは背筋を伸ばして端正に食べていた。

二人の性格は本当に正反対だ。

「アルバーノ、もう少し落ち着いて食べたらどうだ？」

「礼儀正しく食べてたら、料理が冷めちまうよ。それよりもライエル。お前らの通ったルートを進むと楽ができて助かったぜ」

俺たちの後ろを移動していたアルバーノたちは、敵に出会うこともなく楽だっただろう。

クレートが俺を見て、感心していた。

「戦闘だけではなく、斥候としても有能なのか？　君自身か、それとも仲間の力かは分からないが、随分と優秀だな」

アルバーノがフォークをクレートに向ける。

「こいつは見た目通り頑固だからよ。仲間も頑固者揃いなんだ」

「頑固とは何だ！　真面目なだけだ」

「はっ！　真面目すぎるんだよ。完全武装で戦闘には強いが、それ以外がからっきしだ」

「か、からっきしとは失礼な。と、得意ではないだけだ」

クレートが恥ずかしそうにしているので、きっと苦手なのだろう。

俺はクレートに聞いてみた。

「戦闘以外の特技を磨くか、仲間を増やそうとは思わないんですか？」

当たり前の俺の助言に、クレートは首を横に振る。

「もちろん考えているし、そうした仲間も募集している。しているんだが——私には夢があるからな」

「夢？」

クレートが唐突に夢を語り出すが、この時に限ってはアルバーノも馬鹿にしてこない。

「私は騎士になりたい」

「騎士ですか？」

「私は騎士の家に生まれたわけではないが、昔からの憧れなんだ。だから、騎士になるために今は力を付けている。私の夢に賛同してくれる仲間もいるし、志が同じ仲間とパーティーを組んでいるんだ」

しかしクレートは肩を落とした。

「それもあって、雰囲気に馴染めず辞めていく者も多い。特に冒険者らしい者たちは、堅苦しいと言って離れていく」

気が付けば騎士を夢見る仲間たちばかりが集まり、そんな仲間に戦闘以外の役立つ技能を磨いてくれとも言えなくなったようだ。

ただ、それで結果も出ているから厄介らしい。

「強さだけを求めても駄目だとは分かっているが、このやり方でパーティーも強くなって稼ぎも上がっているからね。方針を変えるのもためらうのさ」

アルバーノが、そんなクレートを馬鹿にして笑う。

「おかげで戦闘特化の脳筋集団の出来上がりだ。嫌だね〜、応用力のないパーティーっていうのは」

クレートが目に険を宿す。

「アルバーノ、お前のところも同じだろうに。私たちも偏っているが、お前のところも相当だぞ」

「何で？　俺のところは、器用な奴が多くて色んな場面に対応できる。冒険者としてうまくやっているだろうが」

確かに何でもこなす集団だ。

ただ、少々——荒っぽいというか、賊のようにも見えてしまう。

「手癖の悪い連中の集まりにしか見えないぞ。お前、それで騎士を目指しているのか？」

驚いてアルバーノを見ると、恥ずかしいのか酒を一気に飲み干した。

「悪いかよ！　俺たちは俺たちのやり方で成り上がるんだ。そうだな。まずは傭兵団だ。傭兵団を立ち上げて、戦争で名を売る。そうすれば、どこかの国が召し抱えてくれるだろうさ。お前だってそのつもりだろうが？」

「それはそうだが」

二人のパーティーは二十人には届かない規模だ。

冒険者としてなら数は揃っている部類だが、傭兵団と考えると少ない気がする。

アルバーノが俺に話を振る。

「と、いうわけだ。ライエル、お前も俺に協力しないか？　お前が力を貸してくれれば、次に戦争が起きたら傭兵として参加しようと思うんだ。この頑固者のクレートも誘えば、五十人くらいになるからよ」

傭兵団に誘われてしまったが、どちらかと言えば俺は誘いたい方だ。

話をそらすために、ノイさんの話題を出す。

「ノイさんは誘わないんですか？　あの人、結構強いと思うんですけど」

彼の率いているパーティーも見たが、アルバーノやクレートと違って本当にバランスが取れていた。

アルバーノが俺から視線をそらす。

「ノイの旦那は駄目だ。あの人がいると、みんな団長をあっちだと思うからよ。それに、俺だってあの人には命令できねーよ」

慕われていると言うよりも、実力を認めているという印象だ。

アルバーノはノイに一目置いており、クレートは尊敬していた。

「ノイ殿は本物の騎士だった人だからね。私は憧れている。しかし、傭兵団に誘うのは難しいと思うよ」

「何故です？」

「――あの人にも色々とあるのさ」

この機会にベイムにいる有力な冒険者たちと会話をしているが、色々と話が聞けて良かった。

それにしても、クレートはともかくアルバーノまで騎士を目指しているとは意外だ。

ただ、アルバーノの場合は騎士への憧れというよりも、成り上がることを目的にしている気がする。

二人と会話を楽しんでいると、少し離れたところで歓声が上がった。アルバーノが視線を向ける。

「何だ?」

「あぁ、うちの仲間ですよ。エルフなので、こうした場では歌いたいそうで」

アルバーノやクレートたちの仲間に囲まれ、エヴァが歌っていた。

場の盛り上がりに、エヴァも上機嫌だ。

仲の悪いリーダーの仲間たちだが、酒を飲んだら互いに肩を組んで笑い合っている。

随分と親しそうだな。

クレートが微笑《ほほえ》みながら、その様子を見ていた。

「歌声がいいな。こういう仲間がいるのは素直に羨ましいよ」

アルバーノはクレートの言葉を鼻で笑って、下世話な話をする。

「何が仲間だ。綺麗な女が側《そば》にいればやる気が出るって言えよ。明日になれば、俺たちは後方でノンビリだ。商人たちも来ているから、娼婦のお世話になるつもりの癖に」

「お前はいつもそうやって俺を馬鹿にする！」

顔を赤くしているクレートを見ると、図星なのだろう。

「事実だろ？」

アルバーノはそれを知ってからかっているようだ。

二人が喧嘩を始めたので、俺はそれを止めようとする。

「まぁ、その辺で」

すると、二人の視線が俺に向いてきた。

「ライエル、お前の話も聞かせろよ」

「え⁉」

アルバーノが肩を組んできた。

「隠すなよ。あれだけの美人揃いは、ハーレムパーティーでも珍しいぜ。何人に手を出したんだ？　もしかして、全員手を出した後か？」

笑顔で聞いてくるアルバーノに対して、クレートは顔を赤らめながらも興味津々にしていた。

「気になるな。ライエル君は本命がいるのか？　いるなら、ハーレムはどうかと思うが」

そんなことを言われても困る。

そもそも、気が付いたらハーレム状態であって、俺が望んで仲間を選りすぐったわけじゃない。

「いえ、なんと言いますか――まだ手を出していませんし、そういう関係ではありません」

それを聞いたアルバーノが、凄くつまらなそうな顔になった。

「はぁぁぁ!?　あれだけの美人揃いで、手を出さないってお前は馬鹿か？　何をウジウジしているんだよ。さっさとやっちまえ。そうしたら、世界が変わるぞ」

「いや、世界が変わるって大げさな」

すると、クレートが立ち上がって熱弁を振るい出す。

「変わる！　変わるのだ！　私も以前はためらっていたが、経験して分かった。男として一皮むけたのを実感したよ！　ライエル君も一皮むけよう！　何なら、ベイムで人気の店を紹介しよう」

こいつ、真面目そうに見えて結構遊んでいるのか？

アルバーノも「俺も連れてけよ」とノリノリだ。

宝玉内からは『クスクス』と笑い声が聞こえてきた。

『そうだよね。ライエルもそろそろ大人になるべきだ』

三代目の俺をからかう声に腹が立つ。

『最初というのは肝心です。失敗すれば、尾を引きますからね』

四代目のアドバイスに怒りがこみ上げてくる。

『こういうのは、最初に経験者と済ませる方が無難だけどな』

無難って何だ？　経験者って誰だ？　俺のパーティーに経験者なんていねーよ！

六代目は妙にテンションが高かった。

『だから遊んでおけと言ったんだ。いいか、ライエル。最初が肝心なんだぞ。失敗すれば、その後の関係にも影響するからな。仕方ない。戻ったらまずは娼館に行くぞ。安いところは駄目だ。当たり外れがあるからな』

妙に詳しい六代目に冷めた声を出すのは、七代目だった。

『女遊びで刺されそうになっただけあって、色々と詳しいですな。それはそうと、ライエルはウォルト家の正式な跡取りです。この手の話題も避けては通れませんし、やはりここは経験者に教えを請うべきでしょうね』

何が教えを請うべき、だ。

お前らは子孫のそういう事情を見て楽しいのか？

俺をネタに笑いたいだけじゃないのか？

宝玉内には敵しかいなかった。

三代目など楽しんでいる。

『ライエル、戻ったら楽しみだね！』

全然楽しくない。

――でも、ちょっとは興味がある。

俺がためらっていると、クレートが楽しそうに聞いてくる。

「おや、怖いのかな？　大丈夫だ。何の心配もないぞ。もしかしたら、もう最初の相手を決めているのか？　だったら、すぐに相手に告白するべきだ。こういう商売だ。いつ命を落とすか分からないからな」

急に真面目になりやがった。

それはともかく、俺には一つ問題があるのだ。

「い、いえ、その――誰から手を出せばいいのか分からなくて」

すると、アルバーノもクレートも、互いに顔を見合わせて首を横に振り出した。

「贅沢な野郎だな。選《よ》り取《ど》り見取《みど》りかよ」

「まったくだ。誰から手を出していいのか分からないとか、そんな悩みは今までに聞いたことがない」

こいつら、実は仲が良いんじゃないだろうか？

ダンジョン攻略から戻った俺は、体を休めるために宿のベッドの上にいた。

あの後、攻略隊は無事に目的を達成して地上へと戻った。

その際に利用した階層移動装置だが、アラムサースのものとは違って何というか不安を感じるものだった。

吊《つる》されてもいなければ、固定されてもいない円盤状の板がいくつも存在する。

それが円柱状のダンジョンの空洞である中央部分を、冒険者たちを乗せて上下に移動を繰り返していた。

それに乗って地上まで移動するのだが、見ていると落ちないか不安になってくる。

便利ではあるので今後も利用するのだろうが、そこだけが気になった。

ベッドに横になる俺は、頭の後ろで手を組んで歴代当主たちと話をする。

『ライエルの思った通りだったかな？　別に急いで試験を受けなくてもよかったね』

三代目がそう言えば、六代目が今回の一件で興味を持ったパーティーについて話をする。

『何人もの冒険者たちと話をしましたが、俺が興味を持ったのはアルバーノですね。あいつらは見所がありますよ』

対して、七代目が推すのはクレートたちだった。

『あのような奴らのどこがいいのですか？　わしが声をかけるなら、クレートたちですね。冒険者としては微妙ですが、戦力として申し分ありません』

冒険者嫌いの七代目は、クレートたちがお気に入りだ。

確かに、戦力としてみると、クレートたちは実に頼もしい。

だが、四代目が七代目の意見に口を出す。

『少々、騎士に憧れが強すぎます。もう少し柔軟な思考を持って欲しいですけどね』

五代目からすれば、どっちもどっちらしい。

『あいつらは、足して二で割れば丁度良いんだけどな。それよりも俺は、あのノイって元騎士が気になる』

責任者の一人であったために、話す機会は少なかった。

できれば色々と聞いておきたかったたな。

「俺も気になりますね。頼もしそうな人でしたし」

アルバーノやクレートが一目置いているのだ。

実力もあるし、是非とも引き入れたい。

三代目もそのつもりだった。

『贅沢は言っていられないけど、ノイ君は欲しいよね。アルバーノ君やクレート君もお勧めだ。まぁ、完璧な人材なんてそうはいない。ライエルが使いこなすか、それとも鍛えるしかないよ』

「そうですね。それにパーティーの仲間も増やしたい」

やはり仲間は多い方がいい。

話を続けようとしていたら、ドアがノックされた。

歴代当主たちが黙り込み、俺は立ち上がってドアへと近付く。

相手はノウェムだ。

『ライエル様、冒険者ギルドからの呼び出しです』


ノウェムを連れて冒険者ギルドへと向かうと、そこで待っていたのは以前話をした職員だった。

「いや～、聞きましたよ。亜種を一撃で仕留めたそうではないですか」

「運が良かっただけですよ」

冒険者たちから俺の評判を聞いたのか、職員は大変嬉《うれ》しそうにしていた。

それが演技なのか、本心なのかは分からない。

「実力のある冒険者は大歓迎です。今後は自由にベイムのダンジョンを利用してくださ い」

ギルドからダンジョンを利用する許可が出た。

俺は安堵するが、ノウェムの方は当然だと思っているのか表情が変わらずに落ち着いていた。

俺は職員を相手に軽口を叩く。

「今後は稼げそうで安心しました」

「是非とも稼いでください。ギルドも潤いますからね。それはそうと、今後は依頼に関しても紹介できるものが増えます」

ギルドに持ち込まれる依頼の多くは、いくつかに分類される。

今までは清掃作業やお手伝い程度の依頼しか受けられなかったが、今後は護衛や魔物退治も受けられる。

それだけギルドが俺たちを評価した、ということだ。

「ありがたいですね」

話が終わって俺たちは立ち上がり部屋を出る。

二人でギルド内の廊下を歩いていると、職員と何度かすれ違った。

ノウェムが話しかけてくる。

「ライエル様の思い通りの結果になりましたね」

俺が予想した通りの結果に終わった。

急いで試験を受けても良かったが、この結果には満足している。

「さっさと試験を受けても良かったけどな」

「ライエル様の判断に間違いはありませんよ」

「そうかな？　俺はよく間違えているよ」

今までも色々と間違えてきた。

いや――選ばずに流され続けてきたな。

ノウェムは俺に対して盲目的なところがあるため、俺を否定しない。

それが嬉《うれ》しくもあるが、寂しくもある。ノウェムが俺に本音を話しているようには感じられないのだ。俺を見ているようで、何か違うものを見ているような気がする。

ノウェムは笑顔を少しだけ曇らせて話を変えた。

「ただ――」

「ただ？」

「――しょ、娼館を利用されるのでしたら、できるだけ安全な場所をご利用くださいね。治療魔法があるとは言え、性病は怖いですから」

「ぶっ！」

驚いて噴き出してしまった俺を見て、ノウェムが慌てていた。

「大丈夫ですか、ライエル様！」

「だ、大丈夫だ。それよりもノウェム――その話は誰から聞いた？」

ノウェムは少し照れていた。

「アルバーノさんのパーティーですね。攻略隊でご一緒した際に、何度かライエル様の話題で盛り上がっていました」

アルバーノ――お前らは俺に恨みでもあるのか？

「娼館の話は冗談だ。俺は行かないぞ」

「行かないのですか？」

「行かないって！」

俺が強く否定すると、ノウェムは困った顔をする。

「ライエル様も男性ですし、性欲の処理は大事ですよ。もしも嫌でなければ、私の方でお手伝いをしますが？」

「え⁉」

一瞬、嬉しくなってお願いしそうになった自分が恥ずかしい。

宝玉内では歴代当主たちが何か騒いでいたが、心臓の鼓動が早くなり耳まで熱くなって聞こえなくなった。

ただ、非常に惜しいのだが――俺は断る。

「い、いや、こういうのはもっと大事にしたいというか、ノウェムはそれでいいのか？」

ノウェムは俺に笑顔を見せる。

「ライエル様が望まれるのなら、いつでも構いませんよ」

ただ、その笑顔と言葉にどこか冷めてしまった。

自分でもよく分からないし、出来ればノウェムを抱きたいが——今の笑顔は違う。

何でも受け止めてくれる慈愛に満ちた笑顔だが、それは本当に俺を見ているのだろうか？

いや、俺を大事に想ってくれているのは分かるが、恋人とは違う何かだと感じた。

「——大丈夫だから気にするな」

「そうですか？」

ノウェムが俺を心配そうに見てくるが、俺は歩く速度を速めた。

受付カウンターが見えてくると、そこには知り合いたちの姿がある。

「凄〜い！　凄いわ、エアハルト君！」

「えへへ」

受付カウンターに並んでいたのは、エアハルトたちだった。

装備を揃えたのか、真新しい武具に身を包んでいる。

武具と言っても、軽装で値段の安いものばかりだ。

エアハルトは相変わらずタンクトップ姿だが、新しい大剣を背負っていた。

俺が足を止めてエアハルトたちを見ていると、ノウェムも立ち止まる。

「彼らはライエル様に絡んでいた方たちですね」

「うん。受付嬢はマリアンヌさんか」

マリアンヌさんは、どうにも裏のありそうな女性だった。

新しい武具を見せに来たエアハルトたちを褒めちぎっている。

「今まで頑張ってきたものね。最近は清掃作業の評判も良かったし、エアハルト君たちも一人前に近付いたわね。これからも期待しているわ」

どうやら、エアハルトたちは真面目に働いていたようだ。

そのことについても、これでもかと褒めている。

嬉《うれ》しそうなエアハルトや、その仲間たちの姿を見ていると――少しだけ悲しくなった。

その理由は、周囲にいる冒険者たちだ。

マリアンヌさんが褒めまくっているエアハルトたちを見て、何とも言えない顔をしているのだ。

二人組の冒険者がいて、一人はベテランでもう一人は新人だった。

新人がエアハルトたちを見て呆《あき》れている。

「清掃作業で褒められるって何だよ。美人の受付嬢を前にデレデレしやがって。あ～あ、羨ましいな」

羨ましがる新人に、ベテランが教える。

「お前、アレが羨ましいのか？」

「俺だって美人の受付嬢に褒められたいっすよ」

「お前は分かってないな。あの新人共は、最近ベイムに来た世間知らずの田舎者だ。お山の大将って言うのかな？　まぁ、別に珍しくもないが面倒な奴らだ」

「はぁ、それが何です？」

「あんな風に、美人が少し褒めるだけでいいように操れる、ってことだよ。ギルドもうまいよな。美人の受付嬢を用意して、そいつらをギルドに都合のいい冒険者に仕立てるんだから」

「——え？」

新人が驚いた顔をしてエアハルトたちを見ていた。

エアハルトがマリアンヌさんに、これからの抱負を語っている。

「見ていてくれよ、マリアンヌさん！　俺たちはこれから、バリバリ稼いで一流の冒険者になってやるぜ！」

魔物を沢山倒して、稼いでやると意気込んでいる。

そんなエアハルトたちを前に、マリアンヌさんは褒めるのだが——。

「エアハルト君たちならきっと大丈夫よ。でも、魔物を倒すだけが冒険者じゃないわ。ギルドからの依頼もこなしてね」

——ギルドの依頼もこなすように付け加えていた。

「任せてくれよ！　マリアンヌさんの頼みなら、最優先だ！」

「うれし～ぃ。ありがとう！」

マリアンヌさんの媚《こ》びた声が受付から聞こえると、ベテラン冒険者が目を伏せた。

「こうやってギルドに都合のいい冒険者が出来上がるんだ。よく見ておけよ」

新人の冒険者は、思い描いていた美人受付嬢のイメージが崩れたようだ。

肩を落としている。

「――受付で顔を合わしている内に、恋が芽生えるとかないんですか？」

「お前は馬鹿だな。顔が良いとか稼ぎがいいとかならともかく、あっちも仕事だ。あいつらが美形に見えるか？　稼いでいるように見えるか？」

エアハルトたちを見れば、特別美形というわけではない。

それに、格好を見れば駆け出しの冒険者とまる分かりだ。稼いでいるようには見えない。

「お前が女なら、あいつらを相手にするか？　そういうことだよ」

「現実って厳しいですね」

「夢を見たいなら娼館にでも行くんだな」

二人が去って行くと、俺は悲しくなってきた。

無邪気に喜んでいるエアハルトたちには、周囲から同情的な視線が向けられている。

若い冒険者たちは妬んでいるようにも見えるが、事情が分かると何とも言えない顔になるのだ。

三代目がエアハルトたちを見ながら言う。

『まぁ、彼らには良かったんじゃないの？　騙《だま》されている気もするけど、こうして装備を揃えて冒険者として本格的にスタートできたしさ』

五代目も同意見のようだ。

『野垂れ死ぬよりはいいだろうよ』

マリアンヌさんへの自慢話が終わったのか、エアハルトたちがカウンターを離れる。

すると、俺がいることに気が付いたようだ。

エアハルトが俺の方にやって来ると、ノウェムが一歩前に出て俺を庇《かば》う位置取りをするので「大丈夫だ」と言って下がらせる。

エアハルトは俺の前に来ると――。

「今は負けておいてやる」

――予想していなかった台詞《せりふ》を口にした。

てっきり、新しい装備を手に入れて気が強くなり、喧嘩を売ってくるのかと思っていた。

「え？」

「だから、俺の負けだ。――悔しいけどな」

エアハルトの後ろにいる仲間たちも、目を伏せるか、顔を背けていた。

以前よりも随分と大人しい。

四代目が彼らの態度を見て、少し嬉《うれ》しがっている。

『おやおや、若者というのはいいですね』

六代目も同様に、エアハルトたちの変わりように喜んでいた。

『負けを認めるだけの器はあるか。ライエル、こいつらの事を覚えておけよ。生き残れば、きっとこいつらは強くなるからな』

エアハルトが俺を真っ直ぐに見つめてきた。

「正直馬鹿にしていた。けど、お前の戦い振りとか、その――色々見て、自分が惨めになったからな」

攻略隊にも参加していたのは知っていたが、何かあったのだろうか？

「え、えっと――何かあったの？」

あまりの変わりように、俺はエアハルトの偽者ではないかと勘ぐってしまう。

エアハルトは照れくさそうに語り始めた。

――それはダンジョン攻略が無事に終わった日の出来事だった。

攻略隊が目的を達成し、地上へと戻る日がやって来た。

手伝いで参加したエアハルトは、日々の仕事はこなしながらも人を寄せ付けない雰囲気を出している。階層移動装置がやって来るのを待っており、周囲の人たちは無事に終わったと喜び合っていた。

だが、エアハルトだけは喜べなかった。

（ちくしょう。何であいつが認められて、俺が認められないんだ。俺の方が凄いのに。俺の方がずっと凄いのに）

自分はアーツを三段階目まで発現させ、村では一番強かった。

そうした自負があり、ベイムに来ても活躍できると信じていたのだ。

それなのに現実は違った。

認められたのはライエルで、自分は他の冒険者たちから相手にもされなかった。

エアハルトが一人で木箱に座って地上に戻るのを待っていると、それを見たノイが近付いてくる。

「少しいいかな？」

「何だよ、オッサン？」

失礼な態度を見せるエアハルトに、ノイは笑顔を見せるのだった。

「一人でいるのが気になってね。横に座らせてもらおうか」

腰掛けたノイが、少し嬉《うれ》しそうに話を始める。

「それにしても、前回と違って今回は真面目に働いてくれたね。ありがとう、おかげで助かったよ」

「――別に。荷物持ちなんてたいした仕事じゃねーよ」

村ではこき使われてきた。

無駄に力があるのだから手伝えと怒られ、手伝っても遅いと怒鳴られてきた。

それからすれば、今回の手伝いは楽な方だ。

「与えられた仕事をやり遂げるというのは大事なことだ。そうした一つ一つの積み重ねが、信用となる。それは冒険者も同じだ」

冒険者として成功したいなら、こうした仕事を真面目にこなす必要があると言われてエアハルトは腹が立った。

「あんたに何が分かるんだよ？　俺がいくら真面目に働こうが、評価されるのはいつも他の奴らだ。今回だってそうだ。ベイムに来て掃除しかしていなかったライエルたちが認められたのに、俺たちは――くそ！」

自分とライエルたちと比べたら、大きな実力差があるのを痛感した。

それでも、馬鹿にしていた相手に負けたのが悔しかった。

見目麗しい女性ばかり連れていて、更には自分よりも強くて頼もしい。

そんなライエルが憎いのだ。

「ライエル君と自分を比べているのかな？　なら、すぐに止めておきなさい」

「あんたも俺があいつに勝てないと思っているのか？　俺は！」

「他人と比べても意味がない。それにね、ライエル君が苦労していないとどうして分かるんだい？」

「そ、それは」

ライエルがこれまで何をしてきたのかを、エアハルトは知らない。

「彼は強い。だが、何もせずにアレだけの力を得たとは考えにくい。そんな天才も確かにいるが、彼は今回の試験には十分な準備をしてきていた」

「準備？」

「このダンジョンの構造、そして出てくる魔物の種類。他にも情報を集めていたのだろうね。必要なものはほとんど揃えていたよ」

「べ、別に情報なんて」

そんなものがなくても、強ければ魔物を倒せると考えていた。

エアハルトに、ノイは問う。

「君は前回、それだけの準備をして挑んだかな？」

「――して――ないです」

自分たちならどうにかなると信じて、エアハルトたちは何の準備もしてこなかった。

ベイムに来たのも同じだ。計画など立てていなかった。

「今の君では勝てない。それが分かっただけでもいいじゃないか」

「でも！　――俺はあいつに勝ちたい」

悔しかった。同時に、勝てないと理解している自分が憎かった。

そんなエアハルトにノイは言う。

「彼を妬んでも君は強くならない。それに今は勝てなくてもいい。将来、勝つために今の君が何をするのかが大事だ」

エアハルトが顔を上げる。

階層移動装置が到着し、次々に人が乗り込んでいく。

「将来勝つために？」

ノイは笑顔で立ち上がると、階層移動装置へと向かう。

「頑張りなさい」

去って行くノイの背中を見送るエアハルトは、立ち上がって手を強く握りしめた。

「かっけぇぇぇ！」

理解したか怪しいが、ノイの言葉にエアハルトは力をもらうのだった――。

「と、いうわけだ！」

自信満々に胸を張るエアハルトを見ながら、俺は心の中でノイさんにお礼を言う。

ありがとうございます。面倒な奴が改心しました、と。

エアハルトは、俺を指さしてきた。

「今は負けていてもいい。だが、俺はいつかお前に勝つ！　今に見てろよ、将来はお前以上のハーレムを築いてやるからな！」

堂々と宣言してくるエアハルトに、周囲の視線が集まっていた。

当然、俺にも視線が集まって恥ずかしい。

そもそも、ハーレムで張り合うって何だろう？

俺は別に競っているわけじゃない。

「そ、そうか」

まぁ、お前がそれでいいなら俺も文句ないよ、と言おうと思ったよ。

だが、ノウェムが俺の前に出て、真面目な顔で言い返すのだ。

「ライエル様は将来も負けません」

――どうしてそこで意地を張ったの？

ちょっとノウェムがおかしいというか、何というか駄目可愛い感じに見えてくる。

エアハルトはそんなノウェムにも、強気の態度を崩さない。

「いや、勝つのは俺だね。これから稼ぎまくって、そして鍛えまくって俺たちは強くなる。ライエルより格好良く、そして強くなるからな！」

ノウェムは笑顔だが、一歩も譲るつもりがないようだ。

「その頃には、ライエル様も今よりも強くなり、大きく稼いで更には格好良くもなっています。貴方では勝負になりません」

お互いに引けばいいのに、譲らずに言い合いになる。

「勝つのは俺だ！」

「あり得ません。ライエル様です」

「将来は分からないだろう！」

「それでもライエル様は負けませんよ」

静かに、しかし力強く否定するノウェムを見て、三代目の面白がる声がする。

『ノウェムちゃんがエアハルトと張り合うとは思わなかったよ』

宝玉内から呆《あき》れた七代目の声がする。

『ライエル――恥ずかしいからノウェムを止めなさい。まったく、何を意地になる必要があるのか？』

本当だよ。

ノウェムの変なスイッチが入り、俺は苦労して二人の喧嘩を止めるのだった。

百四話　スイーパー

そこはベイムにある大衆居酒屋だった。

「ライエル、スイーパーって知っているか？」

アルバーノに誘われ、男二人で料理を食べている。

「スイーパーですか？　掃除屋って意味ですかね？」

あの攻略以降も、こうして個人的な付き合いは続けていた。

「そうだ。掃除屋だ。だが、掃除する対象は冒険者だけどな」

「冒険者を狩る存在ですか？」

「噂だよ。ギルドが雇っている凄腕たちが、悪い冒険者たちを狩るってさ。ベイムでは昔からその手の話が多い」

ベイムには良くも悪くも人が集まる。

その中には悪い連中もいる。

そんな犯罪を繰り返す冒険者たちを放置せず、冒険者ギルドが抱えているスイーパーに排除させるというのだ。

「聞いたことはありますね。他のギルドでもそんな話はありましたけど、噂話だと思っていましたよ」

「こっちでも噂話だ。お前はスイーパーがいても困らないタイプの冒険者だけどな」

「アルバーノは困るタイプですね」

「犯罪なんて割の合わないことをするかよ。まぁ、グレーゾーンなら分からないけどな。――お互い、スイーパーにはお世話になりたくないもんだな」

「そうですね」

冒険者を狩るスイーパーという存在――きっと強いのだろう。

アルバーノは酒をチビチビと飲みながら、最近の話をする。

「話は変わるが、アレットの姉御が戻ってきた」

「姉御？　アレット・バイエですか？」

どこかで聞いたと思い出してみれば、ミランダから聞いた名前だ。

かなり優秀な冒険者らしい。

「――やっぱり知っていたか。お前も随分と調べ回っているな」

俺に鎌をかけたようだ。

抜け目のない人である。

「一緒に仕事をする人のことは調べておきたいですからね」

「別に責めるつもりはないさ。その姉御だが、ベイムでもかなりの実力者だ。そんな姉御が、血相を変えて戻ってきた」

しばらく故郷に戻っていたらしいが、最近になってベイムに戻ってきたらしい。

「何かあったんですか？」

「姉御は元貴族だ。姉御が生まれた時には没落していたらしいが、故郷はロルフィスって小国でな。そのお隣がどうにもきな臭いらしい」

頭の中でいくつもの情報が繋がってくる。

ロルフィスという小国の名前をどこかで聞いた。

隣の国は――ザインだったか？

「ザインですか？」

「何か知っているか？」

お互いに情報を交換するために酒場にいる。

互いに利益があるから、こうして話をしているわけだ。

俺だけが情報を仕入れていては、アルバーノはきっと俺に何も話さなくなるだろう。

「――国内で揉め事が起きているとは聞いていますね」

「本当か？　姉御が焦るわけだ」

「そのアレットさんは、焦って何をしようとしているんですか？」

元貴族のアレットが、故郷の隣国の動きが怪しいため焦っている。

家族が心配なのだろうか？

「姉御のところも事情が複雑だからな。一度会ってみると面白いぜ。何しろ、本物の騎士団を率いている人だからな」

「本物の騎士団？」

冒険者が騎士団を率いているというのもおかしな話だ。

元貴族というのが関係しているのだろうか？

「ロルフィス遊撃騎士団、って名乗っているな。元貴族や騎士たちの集まりで、今も国に忠誠を誓っている酔狂な連中なのさ」

――理解できなかった。

貴族でなくなったのに、忠義を尽くしている？

アルバーノは詳しく話そうとしないので、ここから先はまた調べるしかない。

「ロルフィスという国で何かあるんですか？」

「あそこはザインとの戦争で負けているし、次に狙われるとしたら最有力候補だからな。姉御は大急ぎで傭兵をかき集めるつもりだ」

戦争になったら、少しでも抵抗するために傭兵たちをかき集めるらしい。

ただ、その方法は冒険者らしかった。

「雇うんですか？」

「その資金をダンジョンで稼ぐために、仲間を集めているのさ。俺も誘われたが、ダンジョンまではいいが傭兵は無理だな。負ける方に味方は出来ないからよ。それに、ロルフィスって国は貧乏だからな」

義理人情よりも報酬か。

それを責める資格は俺にはない。

「それで、だ。お前も誘おうと考えているんだが、どうだ？　お前がいれば楽が出来る上に稼げそうだからな」

「明日から依頼でベイムを離れますけどね」

「依頼？　期間は？」

「二週間から長くても一ヶ月くらいです」

「なら問題ない。ダンジョンに本格的に挑むまで時間があるからよ。戻ってくるまでに参加するか決めておいてくれ」

アレット・バイエ――優秀な冒険者と聞いているし、その仲間も多い。

俺としても個人的に付き合っておきたい相手だが、何か事情があるのが気になるな。

「姉御に会うなら楽しみにしておけ。面白い人だから」

「面白い？」

「特に面白いのは〝成長後〟だけどな」

アルバーノが思い出し笑いをしているのを見て、何故だか俺はまだ会ったこともないアレットさんに親近感が芽生えた。


――深夜。

ライエルと別れて、家に戻る途中のアルバーノは建物の間にある隙間に入った。

そこでゴソゴソと動くと、尿意を解消しようとする。

だが、そんなアルバーノの背中に女が声をかけてくる。

「感心しないわね」

足音もなく近付いてきた女のせいで、アルバーノは小便が出なくなってしまった。

急いでしまい込み、振り返るとそこにいたのは金髪が綺麗な女性だ。

「こいつは失礼しました。それより、俺に何の用です？　今は真面目に働いているしがない冒険者ですよ」

「よく言うわね。貴方の悪い噂も聞こえてくるのだけど？」

「どうせクレートからの苦情だろ？」

「他にもあるわ」

虚勢を張って軽く挨拶をするが、内心ではビクビクしていた。

（何でこいつがここにいるんだよ。まさか、俺を殺しに来たのか？）

彼女はライエルとの話題で出した「スイーパー」だ。

アルバーノは以前、犯罪紛いのことに手を出したことがある。

その時にスイーパーを差し向けられたのだ。

女性が目を細めてアルバーノを見る。アルバーノは剣を抜くかどうか迷う。

だが、女性は肩をすくめてみせた。

「最近色々と動いてもらったから、そのお礼に来たのよ。私がカウンターにいても、貴方は近付いてこないから」

アルバーノは安心して全身に汗が噴き出るのを感じた。

（脅かしてんじゃねーよ！　はぁ、怖かった。酔いが覚めちまった）

「無闇に近付くと怪しまれるだろ」

「嘘ね。それよりも、前回のお礼よ」

女性が革袋に入った金貨を見せてくる。

受け取ったアルバーノは、中身を確認する。

「――多いな」

「サービスよ。貴方には感謝しているわ」

アルバーノは革袋を懐にしまい込むと、女性を――マリアンヌを見た。

月の光が差し込んできて、彼女の付けている仮面が見えてくる。

仮面はアイマスクで、涙を流したような装飾がある。

「仮面を外せよ。夜中に見ると怖いんだ」

「こっちの仕事をしている時は外したくないのよ」

アルバーノは冷や汗を拭いつつ、マリアンヌの依頼について疑問を口にする。

「それよりも、あんたが気にかけるほどでもないと思うけどな」

「何が？」

「あのエアハルトとかいうガキたちだよ。気付かれないようにそれなりにお守《も》りをしてきたが、あいつらを何で守るんだ？　ギルドからの依頼のような感じもしない。スイーパーのあんたが、どうしてあのガキたちを気にするんだ？」

普段ギルドで見かける受付嬢のマリアンヌは、もっと強《したた》かな女のように見えた。

エアハルトたちのような冒険者を、手の平の上で転がしているのが似合っている。

このようにアルバーノを使い、エアハルトたちに危険がないように守るよう依頼してくるのが不審だった。

アルバーノの口にマリアンヌの手が伸びて、その唇に人差し指が触れた。

「――私に命を救われた貴方は、黙って従えばいいのよ。理由を知る必要はないわ」

「わ、分かった」

マリアンヌは人差し指を離すと、アルバーノに注意する。

「それよりも、不用意に彼にスイーパーの噂を話さないで欲しいわね」

「ライエルのことか？　あんなの世間話で——分かったよ。もうその話題は避けるって」

「それはいい心がけね。それから、スイーパーなんて存在しない。それをよく理解するのね」

釘を刺されて、アルバーノは黙って頷《うなず》いた。

かつて殺されそうになった際に、アルバーノはマリアンヌに命を救われた。

その後はこうして、時折彼女からの依頼を受けていた。

マリアンヌは歩き出し、狭い通路の奥へと消えていく。

その姿を見送り、アルバーノは胸をなで下ろすのだった。

「おっかない女だぜ。何がスイーパーなんて存在しない、だ。お前がスイーパーだろうに。ちっ！　——酔いが覚めたぜ」

アルバーノは、今日はもう少し酒を飲もうと居酒屋を探すことにした——。

魔物退治の依頼を受けた。

ベイム自体は大きな領地を持っていないが、都市部の外にはいくつもの村が存在している。

そうした村から魔物退治の依頼が来ており、俺たちが引き受けた。

引き受けた理由はいくつかあるが、その中でも一番の理由が――。

「外だぁぁ！」

『メイが嬉《うれ》しそうで何よりだ』

――メイだ。ポーターの天井で両手を広げ、気分がいいのか嬉しそうにしている。

その姿を見る俺は、五代目の五月蠅《うるさ》い声を聞き流しながらメイと会話していた。

「ベイムじゃ元の姿に戻れないからな」

「地面を駆けたいし、空を飛び回りたいよね！　あ～、人がいない手頃な場所はないかな？」

『そうだよな。お前はもっと走り回りたいよな。ごめんな、あんな都市に閉じ込めて』

メイの正体は麒麟《きりん》である。人の姿は偽物とまでは言わないがメインではなくサブらしい。

そのため、時々は姿を戻して走り回りたい衝動に駆られるようだ。

メイにとっては、都市での生活はストレスだった。

「定期的に外に出るけど、それで我慢できそう？」

メイは早く走り回りたいのか、ウズウズしていた。

「う～ん、一週間くらい自由にさせてもらえるならありかな？」

「一週間⁉」

驚いていると、宝玉内の五代目が五月蝿い。

『それくらいいいだろ！　何ヶ月もベイムで暮らすのが、メイにとってどれだけストレスなのか分かってないのか？　ライエル、お前には今度じっくり動物について教えてやる』

遠慮する。

大体、五代目は動物関連になると、駄目というか意見が動物寄りになるため当てにならないので無視だ。

「メイは一週間も何をするんだ？」

「走り回って、のんびり？　後は麒麟の仕事かな」

「仕事？」

「そう！　僕たちは魔物が増えすぎていたら倒すし、ダンジョンを見つければ討伐するんだよ」

前から思っていたのだが、何故そんなことをするのだろうか？

「メイはどうしてそんなことをするんだ？　いや、麒麟とか他の聖獣もだけど、魔物やダンジョンを倒す理由って何？」

メイは首をかしげて少し考え込み、そして笑顔になる。

「分かんない。でも、母さんは〝約束〟だって言っていたよ」

「約束？」

「そう、女神様との約束だって」

よく分からないな。

本当に女神様と約束したのだろうか？

宝玉からは五代目の解説が聞こえてくる。

『聖獣は女神が生み出したと言われているからな。女神の誰かと約束したんじゃないか？　もう、代を重ねて当時のことはメイも知らないだろうけどさ』

「女神、か」

俺が呟《つぶや》くと、ノウェムが車内から顔を出してきた。

外に出たことでサイドポニーテールにしている髪が風に流され、本人がそれを手で押さえている。

メイがノウェムを見て喜んでいた。

「ノウェム！　ノウェムも一緒に遊びに行く？」

困ったように笑みを浮かべたノウェムは、メイの頭を撫でるのだった。

「私はライエル様のお側《そば》にいますよ。それよりも、ちゃんと戻ってくるんですよ」

「うん！」

メイはノウェムに対しては、何というか警戒心がない。

まるで母親に甘えているようにも見える。

二人の様子を眺めていると、今度はミランダが車内から俺を呼ぶ。

「ライエル、少しいい？」

天井のハッチから中へと入ると、ミランダはポーターの後部ハッチを開けていた。

そこから見える景色を指さしている。

「あれ、気にならない？」

「あれって？　――荷馬車かな？」

街道から外れた場所に、横転して壊れた荷馬車があった。

魔物にでも襲われたのだろうか？

「ポーターを停めようか」

調べに向かおうとすると、ミランダが首を横に振った。

「人はいないみたいよ。だから、私が一人で調べてくるわ」

周囲に人影はなく、罠の可能性もないためミランダが一人で調べたいようだ。

「何か気になる？」

「――途中の村や町で、少し気になることがあってね。すぐに追いつくから、先に目的の村に向かってちょうだい」

そう言って、ミランダは走行中のポーターの後部ハッチから飛び降りる。地面に着地する直前に、ミランダの作り出したゴーレムが出現してその背で受け止めていた。

ゴーレムはネコ科の動物の姿で、そのまま横転した荷馬車の方へと走っていった。


やって来たのは、木造の家が多い村だった。

近くには森があり、他国との国境が近い。

そんな村にポーターで乗り込んだ俺たちは、村長からの話を聞いていた。

「国境の向こう側から魔物が入り込む？」

「あぁ、そうだ。ベイムは冒険者も多くて安定しているから、入り込むのは余所《よそ》からになる」

「安定？」

「知らないのか？　冒険者を引退する頃には、都会の暮らしに疲れて田舎に引っ越してくる冒険者が多いのさ。この村にも結構な数がいるな」

村長も元は冒険者で、魔物退治にも慣れているそうだ。

村周辺の魔物なら自分たちで退治できる。

だが、今は数が多くて大変らしい。

「現役ならともかく、森に入り込んだ魔物を追いかけ回すのはきつい。時折、ギルドに頼んで現役の若い奴らを呼んで退治させている」

ベイムの農村部の事情を聞けたのは面白かった。

村を歩きながら、村長と話を続けた。

「最近、変わったことはありますか？」

「変わったこと？　――余所から入り込む魔物の数が増えたことかな？　この辺りでは見かけない種類も多くて面倒なんだよ」

何か理由があるのだろうか？

「それより、しっかり退治してくれよ。俺たちも森に入れなくて困っているんだ」

「任せてください」

村長との話を終えて、ポーターを停めている場所へと向かう。

一人になったところで、歴代当主たちの会話に耳を傾ける。

のどかな農村の風景を見るに、どうやらこの農村は景気がいいらしい。

村人たちの暮らしは貧しそうに見えない。

『村としてみると裕福な部類だね。いや、裕福すぎるかな？』

三代目のそんな感想から、歴代当主たちの話が熱を帯びてくる。

『ここまで裕福だと、税を誤魔化しているように見えて仕方がありませんね』

『そもそも、税があるのか？　この辺りを取り仕切っているのは商人たちだろ？』

『代官がいる様子もない。近くにあった町には兵士たちの姿もありましたが、俺たちの統治とはだいぶ違うようですね』

『どのようにして統治しているのか気になりますね』

元は領主だった人たちだ。これで成り立っているのかと話し込んでいた。

そんな話を聞きながら歩いていたが、ふと暇を感じてアーツを使用する。

この辺りの地図を確認するためと、どこに魔物が潜んでいるのかを確認するためだ。

仲間のところに戻るまでに、これからの方針を決めておこうと思った。

だが、森の中にどうにも気になる動きを見つけた。

赤い光点の動きが激しい。それに、黄色い光点を追いかけているように見える。

まるで黄色い光点が追われているような——そこまで考えていると、近くの森から鳥たちが飛び立った。

「何だ？」

三代目が話し合いを中断して俺に声をかけてくる。

『おや、何やら森で騒いでいるね』

その後すぐに、爆発音が聞こえてきた。

獣や鳥たちの鳴き声が大きくなり、村人たちも騒がしくなってくる。

「何が起きたんだ？」

どうするか悩んでいる俺のところに来るのは、ノウェムとソフィアの二人だった。

「ライエル様！」

「ノウェム、他のみんなは?」

ノウェムに代わってソフィアが仲間たちの状況を知らせてくれた。

「みんなバラバラで行動していて分かりません。私とノウェムさんが、ライエル殿を迎えに来たんです」

すぐに村の中、そして周囲の地図を確認する。

目を閉じてこめかみに右手の指を当てて意識を集中した。

森の中で爆発が起きて、獣たちだけではなく、魔物たちも殺気立っている。

追われていた黄色い光点の様子を詳しく探ると、どうやら人のようだ。

反応は三つ――三人か？　だが、一人は魔物たちに囲まれている。

今から駆けつけても間に合わないだろう。

助けられるのは二人だけだ。

それよりも、悪いことに魔物の集団が村に近付いてきている。

森から逃げようとしているのだろうか？

「まずいな。魔物たちがこの村に向かってきている」

それを聞いたソフィアが慌ててしまう。

「え!?　す、すぐに防備を固めないと！」

ただ、慌てながらも今何をするべきか考えているのはいい。

俺が悩んでいるのを見て、ノウェムが尋ねてくる。

「ライエル様、何か気になる点でも？」

俺はどうするべきか悩み、結局――ノウェムとソフィアに伝えた。

「森の中に追われている人を発見した」

ソフィアは驚く。

「も、森の中ですか⁉　で、でも、そうなると助けにいかないと――いや、でも、この村も守らないといけないわけで」

悩んでいる俺に、五代目が活を入れてくる。

『悩むな！　決断は素早くしろ。悩んだあげくに、森の中にいる人間も村も守れなくなったら最悪だ。悩むくらいなら助けに向かえ！』

森の中で蠢《うごめ》いている魔物の数は多い。

しかし、村に向かってきている数だって多い。

森に助けにいくなら、戦力は最小限が望ましいだろう。

俺だけで挑もうと考えていると、モニカがやって来る。

「チキン野郎！」

モニカの背中には、シャノンが背負われていた。

「ライエル！　さっきの爆発で、森の中がウジャウジャって動き出したわ！　何か、こっちに来るみたいなの！」

シャノンは魔眼持ちだ。魔力を見ることが出来る特殊な瞳を持っており、それを使って森の中の異変を察知したようだ。

とても便利な目なのだが、持ち主がシャノンであるため使いこなせていない。

本来ならもっと凄いことが出来るのだが――宝の持ち腐れというやつだな。

「分かっている。それよりもメイは？　ミランダは？」

森の中を走り回るなら、どちらかがいてくれた方がよかった。

だが、タイミングが悪かった。

モニカがメイについて話す。

「メイなら少し前に飛び去っていきましたよ。こちらに戻ってくるのは、一週間後になるそうです。まぁ、メイは時間にルーズなところがありますし、本当に一週間後に戻って来るとは思えませんけどね」

既に飛び去ってしまっていた。

次はシャノンがミランダについて教えてくれる。

「お姉様ならまだ戻ってきていないわよ」

「――どちらかは残すべきだったな」

メイがいればその背に乗って空からでも森の中に入れたし、ミランダがいればゴーレムを作り出してもらってその背に乗って移動できた。

二人がいないのは少し厳しい。――どちらかは残すべきだった。

四代目が小さく溜息を吐いた。

『間の悪いことですね』

「すぐに二人を呼び戻そう。いや――もう全員で村を守ろう。ミランダには――」

すると、ソフィアが俺に不安そうに聞いてきた。

「ライエル殿、森の中にいる人はどうなるのですか？」

助けないのか？　そう尋ねてくるソフィアに、俺は悩みながらも答えた。

「――今からだと間に合わない」

諦めることを告げると、ソフィアが手を握りしめた。

「わ、私のアーツなら、移動手段にも応用できるのではないでしょうか？」

「ソフィアの？　そうか！」

ソフィアに体重を軽くしてもらえば、移動速度も上がる。

ソフィアの負担が大きくなるが、間に合う可能性はあった。

三代目がソフィアを褒める。

『ソフィアちゃんも随分と成長したね。まぁ、気になるから調べに行こうか。残ったメンバーでこの村を守ってもらえれば大丈夫でしょ』

「分かった。ソフィアにはついてきてもらう」

「は、はい！」

俺はすぐにノウェムに指示を出す。

「ノウェムたちは村に入り込む魔物を防いでもらう。森のある方角から来るから、ポーターを置いてそこで迎え撃ってくれ」

どこからやって来るのか分かっているなら、対処も可能だ。

しかし、ノウェムが俺の指示を拒否した。

「ライエル様、私もついていきます」


——その頃、ミランダは村の外にいた。

村に来る途中の街道沿いに気になったことがあり、一人で調べに来ていた。

「やっぱり戦闘跡ね」

魔法を使った痕跡がその場に残っていた。

横転して壊れた荷馬車は、何者かに襲われたように見える。

「賊に追いかけられたのかしら？」

足跡と血の跡——他には、車輪跡が続く先には森があった。

ミランダは森に視線を向ける。

「厄介事かしらね？　ん？」

森の中に逃げ込んだのだろうか？　そう考えていたのだが、その後すぐに爆発音が聞こえてきた。

「森の中？　――ライエルたちに合流した方がよさそうね」

ミランダが地面に手の平を向けると、土が盛り上がってネコ科の動物が出現した。

その背中にミランダが乗ると、駆け出して急いで村へと向かう――。


森の中。

地面を蹴る度に体が思った以上に前へと進む。

まるで連続でジャンプをしながら進んでいるような感覚だ。

俺、ソフィア、そしてノウェムの三人は森の中に入った。

普段は俺に従うノウェムが、今日だけは妙に頑固だった。

本当なら村に残して、治療の手伝いや魔物の相手をして欲しかったのについてきたのだ。俺の後ろをついてくるソフィアは、村を心配していた。

「アリアたちは大丈夫でしょうか？」

残っている仲間の方が多い。

「大丈夫だとは思うけどね。それよりも、問題はこっちだ」

「問題ですか？」

森の中で戦っている人たちがいる。

だが、それが必ずしも助けるべき人かどうかは分からない。

俺はソフィアに、見つけても安易に近付かないように指示する。

「どんな人がいるのか分かっていないから、見つけても不用意に近付かない方がいい」

ソフィアも気が付いたようだ。

「そ、そうですね。賊の可能性もありますし」

慌てていたソフィアは、森の中にいるのが最初から善人だと思い込んでいたようだ。

村長と話をした際に聞いたが、魔物が多いので村の人間は今は森に近付いていない。

俺は後ろを黙ってついてくるノウェムに意識を向けた。

「ノウェムもいいな？」

不用意に近付かないようにとの確認だったのだが、ノウェムからの返事がなかった。

俺が立ち止まると、慌ててノウェムとソフィアが止まった。

「おい、ノウェム？」

「え？　は、はい！」

心ここにあらずという感じのノウェムは、ソフィアから見ても珍しいようだ。

「ノウェムさん、どうしたのですか？」

ノウェムは右手で顔を隠すように押さえた。

「すみません。他のことを考えていました」

疲れているのだろうか？

ノウェムを連れてきたことを後悔するが、今更一人だけ戻すのも危険だ。

「魔物に襲われている人がいても、不用意に近付かないように、って話だ。村人じゃない。相手は賊かもしれない」

俺自身は、魔物が増えている森に賊がいるのも怪しいと思っている。

だけど、警戒は必要だろう。

ノウェムが謝罪してくる。

「申し訳ありません。気を付けます」

「――ノウェムは俺とソフィアのサポートに回ってくれ」

あまり無理をさせたくないので、俺とソフィアで対処することにした。

話をするついでに少し休んだ俺たちは、すぐに出発するのだった。

百五話　ザインの聖女

――茶色のローブをまとった二人が、不慣れな森の中を逃げ回っていた。

一人は高齢の男性だった。

「お急ぎください、聖女様」

男の名前は【ガストーネ・ボニーニ】。

痩せ細った体で、腰が少し曲がっていた。

特徴的な鷲鼻で、皺だらけの顔をしている。

六十代前半であり、今は見る影もないが宗教国家ザインの大神官だった男だ。

ボサボサの白髪と白髭で、杖を持って女性を逃がそうとしている。

一見すると悪い男にも見えるのだが、女性に凄く気を使っていた。

息も絶え絶えに森の中を歩いているのは【セルマ・ザイン】――ザインのトップである聖女、だった女性だ。

長い金髪を後ろで大きな三つ編みにしてまとめており、水色の瞳の持ち主だ。

年齢は三十歳。

長年、ザインのトップとして君臨してきた女性だ。

十五歳になってから十五年近くも聖女としてザインを導いてきたセルマだが、今は追われる立場となっていた。

「ガストーネ、もう終わりにしましょう」

疲れ切ったセルマは、その場に崩れ落ちるように座り込むと悲壮感を漂わせて言った。

「な、何を言われるのですか！　このまま、アルマンの好き勝手にさせてよろしいのですか!?」

アルマンはザインの騎士団長だ。

将軍職も兼任しており、軍事のトップである。

セルマとは対立していた政敵であった。

「もうどうしようもないわ。生き残ったのは私たち二人だけじゃない！」

セルマは泣き崩れる。

ガストーネも俯《うつむ》いてしまう。

「聖女様、それでよろしいのか？　私たちの十五年が、このような結果に終わっても後悔されないのですか？」

セルマは泣きながら笑うのだった。

「その結果が今じゃない！　こんなことになるなら私は――いいえ、言い過ぎたわね。でもね、結局あの国は変わらなかった。私たちでは変えられなかったのよ」
諦めてしまうセルマを前にして、ガストーネが何とか説得しようとする。
「聖女様、お立ちください。こんなところで死んではなりません」
「もう聖女でもないわ」
セルマをガストーネが何とか立たせようとした時――近くにある巨木が揺れた。
ガストーネがそちらを見れば、巨木の枝に魔物たちがいた。
「もう追いつかれたのか」
焦るガストーネが、セルマを庇《かば》うように立つ。
木製の杖を構えたガストーネは、巨木の枝から自分たちを見下ろす魔物たちを見る。
その姿は、普通の魔物とは違っていた。
皮膚が黒い。
それだけなら亜種なのではないかと思えるが、その数も多いのだ。
追いかけてきたのは武器を持ったゴブリンたち。
その手に持っている武器はどれも新品だ。
身につけている防具も統一されている。
何よりも特徴的なのは、全ての魔物が首輪らしきものを身につけていることだ。
更に、ゴブリンだけではなく、巨体のオークたちまでやってきた。

こちらも同様に首輪をしており、皮膚が黒い。

赤い瞳がガストーネたちを見ると、その手に持った巨大な武器を振り上げた。

セルマは動かず、足掻《あが》こうともしていなかった。

ガストーネが呟《つぶや》く。

「女神よ。どうかお守りください」

杖の先端が光を放ち、魔法が発生すると地面から次々に棘《とげ》が出現してオークに襲いかかった。

それらをオークは手に持った武器でなぎ払うと、何事もなかったかのように武器を担ぐ。

ガストーネが歯を食いしばる。

(この魔物たちはいったい何者なのだ？　似たような武具に身を包み、揃いの首輪をしているのも気になる。それに、我々をずっと追いかけてくるのもおかしい)

ガストーネたちを追っていたのは、この魔物たちだ。

ザインから逃げ、他国を経由してベイムの領地に入ったが追いつかれてしまった。

ガストーネの仲間たちもこの魔物たちに殺されてしまっている。

「聖女様、お立ちを！　すぐにこの場から逃げてください！」

セルマは俯《うつむ》き、祈るように手を組むだけでガストーネには答えない。

「くっ！　ここまでか」

ガストーネは一人で逃げることをせず、最後までセルマを守ろうと決めた。

魔物たちが集まり、ガストーネたちを逃がさないために囲む。

随分と連携が取れている。

ガストーネが魔法を放とうとすると、杖に矢が突き刺さって弾かれてしまった。

弓を構えたゴブリンたちの姿が見える。

「おのれぇぇぇ！」

オークが武器を振り上げ、ついにここまでかと思われたタイミングで、オークの真上から一人の青年が降りてきた。

その手にはサーベルを握りしめている。青年が着地すると同時に、黒いオークは頭の天辺から両断された。

オークは赤黒い血を噴き出しながら左右に分かれるように倒れた。

ガストーネは目を丸くする。

すぐに魔物たちが動いた。

巨木の枝から弓矢を構えるゴブリンたちが、青年に向かって矢を放った。

その矢を青年は歩きながら避けていく。

最初からどこに矢が来るのか分かっているかのような、落ち着いた様子だった。

（いったい何者だ？）

今度は、弓矢を構えていたゴブリンたちが、次々に地面に落ちてきた。

見上げると、戦斧《バトルアックス》を持った女性がゴブリンたちを次々に両断している。

とても身軽で、枝と枝の間を跳び回っていた。

魔物たちも急な出来事に慌てた様子だが、それでも目的を果たすためかガストーネたちに襲いかかってくる。

すると青髪の青年が、近付いてくる魔物たちをサーベルで次々に斬り伏せていった。

流れるようなその動きは、まるで剣の達人のように見える。

魔物たちが青年を取り囲むと、背中から襲いかかる。

「あ、危ない！」

ガストーネが思わず声をかける。青年は振り向きざまに魔物を斬った。

最初から見えているような動きだ。

あまりの強さに、ガストーネは驚くしかなかった。

そして、更にもう一人の女性が空から降りてくる。

狐色の髪を持つ女性は、その手に銀の杖を持っていた。

（この者は何だ？）

ガストーネが驚いたのは、その女性の雰囲気だ。

見た目は間違いなく美しいのに、心が動かされない。

こちらを気にかけてくれている。

「大丈夫ですか？」

「あ、あぁ。それよりも助けていただき感謝する」

「礼はまた後で。今はこの場から逃げましょう」

「し、しかし」

ガストーネが戦っている二人の姿を見る。

青髪の青年と黒髪の女性は、森の中から次々に現れる魔物たちの相手をしていた。

「あの二人は？」

「大丈夫です。さぁ、早く」

女性がセルマを抱き起こすように立たせると、三人はこの場を離れるのだった――。


ノウェムが魔物に襲われていた二人を連れて行く。

それを見送る俺は、木の枝から飛び降りてきたソフィアと背中を合わせる。

周囲に集まる魔物たちは、同じ武具を身につけていた。

「こいつら、いったい何なんですか？　何だか、魔物を相手にしている気がしませんよ」

ソフィアの素直な感想に、俺も同意する。

サーベルの刃には、ドロドロとした血液なのか油なのか分からない液体がベッタリとついていた。

それに、血の臭いよりも油のような臭いがする。

「俺も分からないな。それより、まだやれそう？」

ソフィアは呼吸が荒かった。

ここまで来るために、アーツを使用して疲れている様子だ。

「な、何とか」

疲れているのに、大丈夫そうに振る舞う。

ただ、動きは鈍っていた。

宝玉からは三代目の真面目な声が聞こえてくる。

それだけ、危険だと判断しているのだろう。

『こいつら魔物なのかな？　こんなに連携が取れているのも珍しいね。それに、まるで揃えたかのような武具も気になる』

同じような――いや、ほとんど同じ装備を身につけている。

使っている武具はどれも新しい物のように見える。

最初は亜種かと考えたが、それもおかしい。

ゴブリンにしても、そしてオークにしても亜種ほどに強くない。

だが、普通のゴブリンやオークよりも強い。

装備が充実し、連携が取れているのも厄介だ。

俺たちが様子をうかがっていると、ゴブリンたちが襲いかかってくる。

「ソフィア！」

「任せてください！」

互いの背中を守るように戦う。

斬りかかってきたゴブリンの一体をサーベルで突き刺し、そのままの状態でもう一体への盾にした。

仲間だろうと容赦しないゴブリンの一撃を受け止め、サーベルを抜いた俺はそのまま二体目を突き刺すため防具の隙間を狙った。

サーベルがゴブリンの急所に突き刺さり、二体目を倒したところでソフィアが俺の方に倒れ込んできた。

ローブが大きく切られており、中の防具が見えている。

防具には傷が入っていた。

ソフィアがすぐに起き上がる。

「す、すみません。油断しました」

二体の魔物に同時に襲われて、うまく対処できなかったようだ。

しかし、しっかりとゴブリン二体を倒している。

五代目がソフィアを心配していた。

『まずいな。ソフィアは弱くないが、敵が厄介すぎる。こいつら、魔物というよりも兵士に近くないか？』

以前、バンセイム王国の王都で戦った、ウォルト家の兵士たちを思い出す。

あそこまで強いとは思わないが、それでも魔物がここまで装備を揃え、連携を取っているのは脅威だ。

俺はすぐに判断を下す。

「ソフィア、ノウェムたちはここから離れた。俺たちも一旦離れるぞ」

小声で話すと、ソフィアが頷《うなず》く。

疲れた体に鞭を打ち、ソフィアがアーツを使用する。

俺とソフィアの体重が急激に軽くなった。

『ライエル、急げ！』

五代目が語気を強める。俺たちの周りにゴブリンやオークたちが近付いていた。

オークの持った大きな武器――鈍器や大剣が振り下ろされようとしており、俺はすぐにソフィアを抱きかかえて上に逃げるためジャンプする。

俺たち二人がいた場所に武器が振り下ろされ、それを真上から見ながら俺は巨木の木の枝に手を伸ばして掴《つか》まった。

「お～、ギリギリだったな。でも、最初に弓を持ったゴブリンたちを倒しておいて正解だった。ソフィアのおかげだな」

顔を赤くしたソフィアが、俺から慌てて離れる。

「そ、それは、ライエル殿に指示されたからです」

最初に遠距離攻撃の出来るゴブリンたちから倒したのは、俺ではなく歴代当主たちの指示だけどね。

おかげで、何とか逃げられそうだ。

ソフィアの腰に手を回して、抱き寄せる。

「な、ななな、何をするんですか!?」

顔を赤くしているソフィアには悪いが、今はこの場から逃げるのが先だ。

「喋《しゃべ》ると舌を噛むぞ」

木の枝を蹴って跳び、そして他の巨木へと飛び移る。

そのまま魔物たちをノウェムたちから引き離せれば――そう考えていた。

「このままあいつらを誘導してやれば――って！」

俺はすぐに立ち止まると、魔物たちへと振り返った。

そこには、俺たちを追わずにノウェムたちを追いかける魔物たちの姿があった。

ソフィアも驚いている。

「ノウェムさんたちが逃げた方角ですよね？　ど、どうして私たちを追わずに、あっちへ向かったのでしょうか？」

魔物たちにしては知恵が回る。

もっと凶悪な魔物がいて、指示を出しているのかと疑うほどだ。

だが、そんな魔物の気配はなかった。

「最悪だ。あいつらをここで仕留めないと駄目か」

宝玉を握りしめ、銀の弓に変化させようとしたが――俺はそれを止める。

未だに宝玉は安定していない。

使うにしても、もっと考えて使わなければ大変なことになる。

ソフィアが俺を見て首をかしげていた。

「あ、あの。銀色の弓は使わないのですか？」

「――威力の調整が難しくて、下手をしたら大変なことになる」

そもそも、俺たちはギルドの依頼でここに派遣されてきた。

何か問題を起こせば、俺たちの責任も追及される。

命には代えられないが、それでも出来るだけ問題は起こしたくない。

ソフィアは何か思い付いたような顔をする。

「でしたら、あの銀色の大剣はどうですか？　あれなら、まとめて魔物たちを吹き飛ばせそうですよ」

一振りで魔物の集団を倒せる威力はあるが、銀の大剣は威力がでかい。でかすぎる。

そして、俺の魔力を吸い尽くしてしまうのだ。

「一度しか使えないから却下だ。使うタイミングが難しすぎる」

ソフィアは肩を落として俯《うつむ》いた。

「──すみません。私は、やはり役立たずですね」

「え？」

「言葉にしなくても分かります。私はアリアのように強くもなければ、ミランダさんのように賢く器用でもありませんから」

落ち込み出したソフィアを前にして慌てていると、ここで久しぶりに四代目が俺を採点するのだった。

『ライエル、咄嗟《とっさ》に返事が出来ない時点で三十点ですよ。まぁ、ソフィアが劣等感を抱くのは仕方がありませんけどね』

そうだろうか？　ソフィアはよくやってくれていると思う。

六代目がソフィアを辛口に評価する。

『確かに強くはありますが、アリアほどではありませんからね。アーツは便利なのですが、本人がまだうまく使いこなせていない。それに、パーティーの中では確かに見劣りがします』

三代目が『うんうん』と相づちを打っており、それに腹が立ってきた。

歴代当主たちが、ソフィアの駄目なところを次々に挙げていく。

『何か地味だよね。いつもローブ姿でお尻が見えないし』

『スレンダーではないですし、ちょっとそそりません』

『胸が大きくてバランスが悪いと思うんだ』

『大きいだけでは駄目です。形も大事ですよ』

『髪やローブでうなじが隠れるのはマイナスですね』

もう、言いたい放題だ。

そんな歴代当主たちに腹が立つし、いったいソフィアのどこを見ているのかと文句を言ってやりたい。

そもそも、言いすぎである。

俺はソフィアの両肩を掴《つか》む。

「ソフィア！」

俺が大きな声を出したことで、ソフィアは目を見開いて驚く。

「は、はい！」

「俺はソフィアが役立たずだと言ったか？」

「い、言ってはいませんけど」

目をそらすソフィアに、俺は正直に話す。

確かにソフィアは見劣りがするところもある。

だが、ソフィアにはいいところもあるのだ。

「確かにアリアやミランダは凄い。ソフィアが負けているところはある」

「で、ですよね」

「でも！　でも──ソフィアにだって凄いところはあるじゃないか。戦斧《バトルアックス》を振り回して戦う姿は力強いし、何よりも頼もしい」

ソフィアが俺から視線をそらしたまま「そ、そうですか。力強くて頼もしい──これ、喜んでいいのでしょうか？」と悩む。

どうして悩むのだろうか？

「アーツだって凄く便利じゃないか。使い方次第で今日みたいに色んな場面で活躍できる！」

「──使い方が駄目でごめんなさい」

どう説得しても、駄目な方に考えてしまっている。

くっ！　ど、どうしたらいいんだ。

確かにソフィアにも駄目なところは多い。

成長後にはだらしなくなり——いや、俺よりもマシだな。羨ましいくらいだ。

だが、役立たずなどではない。

「俺は！　俺は、お前を役立たずなんて思ってない。俺についてきてくれた時は本当に嬉《うれ》しかった。それに、ソフィアには何度も助けられている！　ソフィアを役立たずという奴がいれば、それが本人でも許さない。——俺には、お前が必要だ」

「ライエル殿」

ソフィアが顔を赤らめる。

宝玉から俺をからかう歴代当主たちの声がした。

『ほら、もっと褒めてあげなよ』

『ライエルは言葉にしないのが問題ですね』

『煽《あお》らないとここまで喋《しゃべ》れないとか、どうなんだ？』

『ライエルは女の扱いが駄目だなぁ』

『——まぁ、六代目は放置しましょう。ライエル、普段からもっと気を配りなさい。それから、この状況を切り抜ける手段をお前は持っているだろうに』

もしかして、歴代当主たちにからかわれていたのだろうか？

急激に恥ずかしくなってきた。

そして、三代目が顔を赤くする俺に言うのだ。

『はい、はい。恥ずかしがっているのもそこまでだ。急がないと、ノウェムちゃんたちがピンチになるからね。あの黒い魔物たちを早く倒そうじゃないか』

だが、倒すと言われてもどうするのか？

銀の弓を使ってもいいが、最悪――森を焼き払うことになる。

それだけは避けたいが、今の俺では制御が難しい。

三代目が、答えにたどり着けない俺に苛立《いらだ》ち始める。

『何で分からないの？　ほら、キスすればいいじゃない。〝コネクション〟だよ』

コネクション――それは俺のアーツだ。

二段階目として発現した俺のアーツは、かなり特殊だった。

一段階目とはまるで別物だ。

一段階目がエクスペリエンス――成長を早めるアーツだとすると、コネクションは他者と繋がるアーツだ。

繋がると、相手と簡単に意思疎通が出来てしまう。

それだけではなく、互いの視覚や俺のアーツまで共有してしまう。

俺は息をのんだ。

三代目はそんな俺を無視する。

『ソフィアちゃんとコネクションしちゃいなよ。互いに感覚とアーツを共有するって凄いことだよ。まぁ、共有できるのはライエルのアーツのみだけど』

悩んでいると、ソフィアが少し困っていた。

「ライエル殿、どうしたのですか？」

だが、このまま悩んでいても駄目だ。

ノウェムたちが危険だ。

だから、俺はソフィアを真っ直ぐに見つめた。

「ソフィア、キスしてくれ――ぶっ！」

すぐにソフィアは真顔になって、間髪を容れず平手打ちをしてきた。

宝玉から『クスクス』と笑い声が聞こえてくるのが、本当に憎い。

「ライエル殿、状況を考えてください」

正しい意見だ。

だが、話は最後まで聞いて欲しい。

「ち、違うんだ！　俺のアーツだよ。アーツ！」

「ライエル殿のアーツ？　もしかして、コネクションのことですか!?」

ソフィアが耳まで真っ赤にし、アワアワと口をパクパクさせていた。

「そうだ。意思疎通だけじゃない。互いの視覚を共有できるし、俺のアーツだって使用できるようになる」

「そ、それは凄いですね！　で、ですが、キスは――その――」

ソフィアは恥ずかしがっていた。

そこで五代目が苛立《いらだ》ち、宝玉内で文句を言っている。

『この状況で恥ずかしがっている場合かよ？　ノウェムたちを見殺しにするつもりか？――今死なれると、色々と謎が残って気分が悪いんだよ』

以前、王都でノウェムがセレスと取引していたという話が出た。

ノウェムは本当に俺の仲間なのか？

歴代当主たちも判断が出来ていない。

いや、味方であるとは思っているが、怪しいとも感じている。

だから、歴代当主たちのノウェムへの感情は複雑になっていた。

溜息が聞こえてきた。

四代目だ。

『五代目も駄目ですね。いいですか、ライエル。キスを重視する女性は多いですよ。ソフィアの気持ちも理解してあげなさい』

ならば、どうすればいいのか？

俺には難しすぎてよく分からない。

困っている俺に、六代目がわざとらしい咳払いをした後に言う。

『いいか、ライエル――これはアーツを使用するための準備だ。キスじゃない』

何を言っているのだろうか？

呆《あき》れている俺の気持ちを察した六代目が『まぁ、聞け』と話を続ける。

『女にとってキスは重要だ。だからこそ、ハッキリとここで仕方ないだろう、とか。これもノウェムたちのため、とか。そんな理由を述べたら、ソフィアが冷めてしまうぞ』

確かに、ソフィアには面白くない話だろう。

だから六代目は、これはキスではない。ノーカウントだ！　と、押し切れと言い出した。

『そして、だ。ここからが重要だが――』

俺は六代目のアドバイスに従うことにした。

何故って？

他の歴代当主たちが、この手の話題にはまったくの無力だからだ。


――ライエルが押し黙ってしまい、ソフィアは気まずかった。

（この非常時にキスを拒否したのはまずかったでしょうか？）

自分のわがままでライエルを困らせてしまったと思い、ソフィアは気持ちを切り替える。

（ライエル殿の判断に間違いはないはず。そうです。キスの一つや二つ――でも、出来ればキスは大事な場面まで取っておきたかったぁぁ！）

ソフィアの乙女心が泣いている。

しかし、状況が泣き言を許さない。

「ライエル殿！」

ソフィアからキスをするべく声をかけると、ライエルも顔を上げた。

「ソフィア、これは儀式だ」

「へ？」

ライエルは真剣な表情で、ソフィアに説明する。

「ソフィアが納得できない気持ちも分かる。だが、これは戦闘を有利に運ぶための儀式で――キスじゃない。男女のキスにはカウントされない」

そうなのだろうか？　一瞬そう思ったが、すぐにソフィアは首を横に振る。

「いや、そんなわけないです。キスはキスですよ！」

「儀式だ！　それに――お、俺は、お前とキスする時は、もっと場所を選びたい。だから、今回はノーカウントだ。そうしてもらわないと、俺が――困る」

普段とは雰囲気の違うライエルは、そのまま畳みかけるように続ける。

「非常時だからお前とキスがしたいんじゃない。俺だってソフィアとはちゃんとした場所でキスがしたい。だから、今回はカウントに入れないで欲しい。俺のために頼む！」

ライエルが頼み込んできたので、ソフィアも納得する。

「そ、そうですか。分かりました。今回はカウントしません」

途中から顔が熱くなり、何を言われているのか分からなくなった。

（わ、私とキスがしたい。それも、もっとちゃんとした場所で――だから、今回はノーカンですね。うん！　頼まれましたし、これは仕方がない！）

分からないなりに、キスへの抵抗は薄くなる。

ライエルがソフィアに顔を近付け、そして呟《つぶや》くのだ。

「今回はキスにカウントしない。けど――俺は少し嬉《うれ》しいよ」

ソフィアは頭が沸騰するのではないかと思うほどに熱くなり、心臓の鼓動が嬉しく飛び跳ねる。

「わ、私も――です」

二人は巨木の枝でキスをすると、そのまま舌を絡め合う――。


――宝玉内。

ライエルに気を利かせ、キスしている場面を見ないために歴代当主たちは外の景色を見ていなかった。

だが、コネクションが成功したのは感じ取っていた。

『見たか！　これが俺の実力だぁ！』

そして椅子から立ち上がり、勝ち誇って両手を挙げる六代目に周囲は冷ややかな視線を向けていた。

三代目が疑問に思っているようだ。

『そもそも、ソフィアちゃんは最初から受け入れるつもりだったよね？　これって六代目の力かな？』

四代目は六代目を見る目が、他よりも冷たい。

『この程度の口車に乗せられる女性が多かったのでしょうね。さっきの台詞《せりふ》は何ですか？　嘘くさくて寒気がしましたよ』

五代目が六代目を見る目は、どこか悲しそうだった。

『純朴な娘を騙して勝ち誇っている息子を見る親の気持ちが、お前に分かるか？』

ソフィアのような純粋な娘を騙しているのが、どうやら気が咎《とが》めるようだ。

七代目も同様だ。

『ライエルが頼めば、ソフィアなら納得したのでは？　六代目の手柄ではありませんね』

言われっぱなしの六代目だったが、腕を組んで全員に視線を巡らせ——鼻で笑った。

周囲の視線が冷たいものから、熱く——怒りに満ちたものになる。

『分かっていませんね。ライエルが言えば、ソフィアは従うでしょう。ですが、納得するでしょうか？　ノウェムのために頑張るライエルを見て、そのためにキスしたソフィアの気持ちはどうなります？』

三代目は四代目と顔を見合わせる。

『え？　騙しているんだから酷いことに変わりないよね？』

『最低で間違いありません』

六代目が拳をテーブルに振り下ろした。

『ガタガタ言うな！　そもそも、騙しているとは酷いですね。嘘も方便。それに、ライエルが改めてソフィアにキスをすれば、問題は解決ですよ。それで丸く収まるなら、何の問題もありません。むしろ、ソフィアの気持ちを考えない方が酷いのでは？』

五代目はそんな六代目を見ながら、一つ気になったことを口にする。

『ライエルの気持ちは考えてなくね？』

六代目が視線をそらす。

『可愛い女の子とキスが出来る。ライエルは幸せ者ですね。そもそも、嫌ってはいないのでしょう？　なら、問題ありませんよ。ライエルもこれを機に、もっと女遊びを学ぶべきです。よし、戻ったら娼館に行かせましょう！』

こいつ最低だと、六代目以外の意見がまとまるのだった――。

——ノウェムたちは、黒い魔物たちから離れた場所で休憩を取っていた。

慣れない森の中を走り続けたガストーネとセルマは、もう立っていられなかった。

追われている状況もあって、二人の体力と精神は限界に来ている。

急いで逃げたいが、こんな二人を無理矢理走らせても追いつかれるだけだ。

ならば、少し休ませて——話を聞きたかった。

ノウェムはガストーネに鋭い視線を向ける。

「ガストーネさんでしたよね？」

「い、いかにも。先程は——た、助けて——いただき——」

息も絶え絶えのガストーネに、ノウェムは大事なことを尋ねる。

「一つ聞かせてください。——あの黒い魔物は何ですか？　どうして〝あれ〟が、貴方たちを追いかけているのです？」

ノウェムは黒い魔物たちについて考えていた。

(いったいどこであれを作り出したのか)

ガストーネは首を横に振る。

「わ、分かりません。国を出て、そして追っ手が放たれ——途中から、あいつらが追いかけてきたのです」

ガストーネたちを助ける前に、会話は聞いていた。

ザインの聖女――つまり、追っ手はザインの関係者である可能性が高い。

（ザインで作り出した？　ですが、それには国力が足りないはず。もっと予算と設備を用意できる国があれば――）

ノウェムは黒い魔物たちについて知っていた。

だが、存在しているはずがないと思っていたのだ。

それが、今日になって見かけたことで、過敏な反応を示している。

ライエルたちについてきたのもそのためだ。

「どんな些細《ささい》な情報でも構いません。何か知りませんか？」

「そ、そう言われましても――」

ガストーネには本当に心当たりがないらしい。

だが、段々と呼吸が落ち着いてきたセルマが、顔を上げてノウェムの質問に答える。

「――う、噂で聞いたことがあります」

「噂？」

「魔物を使役する方法があるらしい、と。そんなことはあり得ないと思っていたのですが、私たちを執拗《しつよう》に追いかけてくる魔物たちを見ていると、真実ではないかと」

「誰から聞いたのですか？」

「国にいる時に、騎士から聞きました。その騎士は商人からその話を聞いたそうです」

ガストーネも思い出したようだ。

「そ、そう言えば、十年も前に聞いたような気がしますね。ですが、そんなことは不可能です。これまでに、何度も魔物を使役する方法が考えられ、それらは全て失敗してきたのですから」

ノウェムは一つの可能性に辿《たど》り着く。

(商人――そうか)

豊富な予算や設備、そして人材も用意できる場所がこの辺りに一つ存在した。

ノウェムは視線をベイムの方へ向ける。

(また同じ事を繰り返す。――本当に度し難い)

ガストーネとセルマは、そんなノウェムを気にする余裕もなく座り込み呼吸を整え、体を休めていた。

ノウェムは杖を持つと、ガストーネたちを庇《かば》う位置に立つ。

セルマが不思議に思って尋ねた。

「どうしたのですか?」

ノウェムは一言だけ口にする。

「追いつかれました」

森の中の茂みから飛び出してきたのは、黒い肌のゴブリンたちだった。

ノウェムは襲いかかってくる魔物たちの攻撃を、杖で全て弾いていた。

それを見たガストーネが驚く。

「魔法使いでありながら、かなりの技量ですな」

敵の攻撃を簡単に弾くノウェムを見て、ガストーネもセルマも感心している。

しかし、状況はあまりよくなかった。

ノウェムが魔法を放とうかと考えていると、そこにライエルとソフィアがやって来る。

二人はノウェムたちの前に飛び込んで来ると、そのまま魔物たちを斬り裂いていく。

ライエルとソフィアは、まるで熟練とも思えるような連携を見せていた。

「ソフィア！」

「はい！」

ライエルの後ろに立っていたソフィアが戦斧《バトルアックス》を投げると同時に、ライエルがしゃがむ。

頭上スレスレを通り過ぎたソフィアの戦斧は、回転しながら魔物たちを追いかけて次々に両断していった。

ノウェムが上を見る。

ソフィアに襲いかかろうと、一体のゴブリンが飛び降りてきたのだ。

「いけない。ソフィアさ――」

声をかけ終わる前に動いたのは、ライエルだった。

ソフィアが手を組み、そこに足を乗せたライエルを上に投げる。

投げられたライエルは、ソフィアに襲いかかろうとしていたゴブリンをサーベルで斬り裂く。そのライエルのところにソフィアの戦斧《バトルアックス》が向かっていたので、危ないと感じてノウェムは声をかけようとした。

「ライエ――」

だが、ライエルは戦斧を見ずにキャッチすると、そのまま真下にいるソフィアに投げ付ける。

それも凄い勢いで、だ。一つ間違えば、ソフィアが大怪我をしてしまう。

だが、ソフィアはそれを見もしないで右手で受け取ると、襲いかかってきた魔物を豪快に斬り飛ばした。

ガストーネが口を開けて驚いている。

「な、何という戦い方だ」

まるで一心同体のような――二人で一人、と言わんばかりの動きだった。

その姿を見て、ノウェムの心は少しだけ痛むのだった――。

百六話　カード

コネクション。

以前は麒麟《きりん》姿のメイと意思疎通をするために使用したアーツだが、こうしてソフィアと繋がってみて分かったことがある。

「これは――想像以上にきついな」

歴代当主たちのアーツに加え、そこに追加でソフィアが入ってくるのだ。

俺は視界が一つ増えたような感覚だ。

二代目のアーツで自分を中心として広範囲の動きが手に取るように分かるが、同時にソフィアからも情報が送られてくる。

普段からアーツを複数使用している俺でもきついのだ。

ソフィアは更に厳しいだろう。

実際に、呼吸がかなり荒かった。

「こ、これは想像以上にきつい――うっ！」

口元を押さえるソフィアは、その場で膝をついて吐いてしまう。

頭に入り込む情報量が多すぎたようだ。

刃がボロボロになったサーベルを投げ捨て、右手で指を鳴らすと地面に魔法陣が浮かび上がる。

そこから新しいサーベルが二本飛び出してきたので、両手にそれぞれ取って勢いよく振る。

サーベルの鞘が抜け飛び、刃が姿を現した。

「ソフィア、少し休め」

「も、申し訳ありません」

戦斧《バトルアックス》を杖のように扱い、何とか立ち上がろうとするソフィアに送る情報を絞り込み減らした。

このアーツはとても有用だが、本番でいきなり使用するのは危険だ。

習熟には時間が必要である。

そんな中で、ソフィアは十分に頑張ってくれた。

だが、敵はまだ次々に森の中から出てくる。

どの魔物も似たような装備をしているし、同じような首輪をしている。

「魔物の間でも流行ってあるのか？」

サーベルを握りしめて駆け出すと、森の中から魔法が飛んできた。

茂みの中から赤い炎が火球となって飛び出してきて驚くも、すぐにサーベルで両断すると炎が弾けた。

俺はすぐに犯人を捜す。

「森の中で何て真似を」

魔物だって森を焼くような魔法は控える。

それなのに、茂みから顔を出してきた魔法使い――ゴブリンメイジたちは、問答無用で火属性の魔法を使用してきた。

「自分たちごと燃やすつもりか⁉」

急いでゴブリンメイジたちを倒さなければ、森が焼けてしまう。

飛びかかると、そんなゴブリンメイジたちを守るようにオークたちが攻撃してきた。

オークたちの持つ武器をギリギリで避け、そしてサーベルで斬る。

だが、防具に阻まれ浅くしか斬れなかった。

「くっ！」

持っているサーベルは数打ち品で、切れ味も良くない。

使えばすぐに欠けてボロボロになる。

「もっといい武器を買えばよかったな」

今更ながらに後悔していると、歴代当主たちがここぞとばかりに自分たちが愛用した武器を薦めてきた。

『やっぱり諸刃の剣がいいって。斬れなくなっても鈍器になるし』

『ライエルは器用ですから、短剣などいいのでは？　沢山持てますし、投げてもいいですからね』

『――ギミックがある武器もいいと思うんだ』

『男なら槍！　斧！　それらを併せ持つハルバードが最強ですな！』

『時代は銃ですよ。ライエル、ベイムでなら銃が手に入る。揃えておきなさい』

五人が五人とも、自分が使っていた武器を薦めてくるのは最初の頃から変わっていない。

サーベルをオークの喉に突き刺し倒そうとするが、引き抜く前に刃が折れてしまった。

思っていたよりも質が悪い。

柄だけになったサーベルを投げ捨て、もう一体のオークも倒したところでゴブリンメイジたちの魔法が放たれる。

森の中に撃ち込まれ、火がついてしまった。

「ま、まずい！」

パチパチと音が聞こえてくる。

更にゴブリンメイジたちが周囲に次々に魔法を打ち込み始めた。

「こいつら、自分たちまで巻き込むつもりか？」

いったい何を考えているのか？

すぐに止めようとするのだが、燃え広がる炎が風に切り裂かれた。

慌てて飛び退くと、俺のいた場所に魔法による風の斬撃が放たれて地面にその跡を残す。

地面に一本の線が入ると、落ちている枝を踏んだ音が聞こえてきた。

炎が斬り裂かれた場所から、黒いローブをまとった男が一人やって来る。

その周囲には魔物たちの姿があり、揃いの武具と――首輪を付けている。

男は仮面を付けていた。

「まったく――随分と派手に戦ったものだ。いったい、どれだけ損害が出たと思っている？」

間違いなく、その男は人間だった。

森の中、一人だけ魔物たちに混ざって人の気配があった。

逃げ遅れた人だと思っていたのだが、どうにも様子が違う。

間に合わないと思って助けなかったが、どうやらこいつが犯人らしい。

「何者だ？」

答えてくれれば儲けもの――そう思って尋ねたが、男は仮面を付けたままクックッと笑った。

仮面も笑っているような絵柄だ。

「話すと思うのか？」

「残念だな」

男が俺に手を向けると――男の足下から次々に鋭いニードルが飛び出してきた。

そのまま俺に向かってくるので、横に飛んで避けようとするが――すぐに止めてサーベルを捨てて地面に両手をついた。

俺の目の前に大きな土の壁が出現すると、ニードルを全て防いでくれる。

壁の向こうから男の感心したような声がする。

「魔法を使えるのか？　こんなところで、そいつらに出会わなければきっと名のある冒険者になれただろうに」

その時だ。

五代目が冷めたい声で呟《つぶや》いた。

『――こいつはどうして、ライエルが冒険者だと知っている？』

出会ったばかりのはずだ。

俺たちの格好を見て冒険者と決めつけた可能性はあるが、最初から知っていたような雰囲気ではないか。

距離を取ると、男が放った魔法が俺の作り出した土壁に当たる。

大きな火球が地面を焦がし、土壁は吹き飛んだ。

同時に、火球が弾けて周囲に飛び散る。

「おいおい、あんたふざけているのか？」

森が焼けてしまう。

そいつはそれを気にも留めていなかった。

「こちらも仕事でね。悪いが、全員死んでもらおう」

俺たちを逃がすつもりはない、ということか。

ならば、多少手荒になっても問題はないな。

俺は静かに呼吸を整える。

火は燃え広がりつつあり、煙と熱で苦しかった。

そんな中で、相手の動きを見る。

黒いローブをまとった仮面の男は、周囲に倒れる魔物たちの姿を見て肩をすくめていた。

「まったく、こいつらにも金がかかっているというのに。まぁ、多少強いなら、こいつのテストにもなるか」

仮面の男の後ろ――森の中から出てくるのは、オークたちよりも大きなオーガだった。

その手には大剣を二本持っている。

黒い肌と首輪は変わらない。

頭部に大きな角を生やし、長い白髪が針山のように刺々しく生えている。

俺が見上げるように大きなオークたちが、オーガの前ではまるで子供のように見えた。

「随分と大きいな」

そんな感想を呟《つぶや》く俺に、仮面の男は余裕を見せる。

「こいつを見て、そんな感想が言える度胸は認めてやろう。こいつは我々が使役する中でも現時点で最強の魔物だ。普通のオーガの何倍も強い。――さぁ、やれ！」

男の声に従い、オーガを筆頭に魔物たちが俺に襲いかかってくる。

やはり、こいつが操っているのは間違いない。

ただ、俺を前に余裕を見せすぎだ。

「勝ち誇るには少し早かったな！」

俺がその場に屈むのを見て、仮面の男は少しだけ驚いた。

だが、大事なのは俺じゃない。

俺の後ろには、戦斧《バトルアックス》を構えたソフィアの姿があった。

大きく身を捩《ひね》り、それから全力で戦斧を振り回すソフィアは青い炎に包まれている。

青い炎がソフィアの動きに合わせて揺れて、回転して炎が螺旋《らせん》状に広がる。

「っあぁぁぁ！」

ソフィアが戦斧《バトルアックス》を投げると、回転しながら俺の頭上を通り過ぎていく。

戦斧には青白い炎がまとわりつき、回転速度が上がると青い輪に見えた。

俺に襲いかかろうとしていたモンスターたちを戦斧が通り抜けると、黒い血液が周囲に飛び散る。

ソフィアと――そして、戦斧にまとわりつく青い炎は、宝玉内に記憶された初代のアーツ【フルバースト】だ。

燃えている木々に魔物たちの血液が降りかかり、ジュゥウゥ――と音を立てた。

戦斧はなおも、回転しながら周囲にいる魔物たちに襲いかかる。

敵を追尾する戦斧に、仮面の男が慌てる。

「追尾させるアーツか！　お前たち！」

仮面の男はすぐにその場から離れようと、大きな盾を持ったオークの後ろへと逃げようとする。

だが、それでは逃げられない。

二代目のアーツ【セレクト】により、狙いを付けている。

戦斧が止まるまで、どこまでも敵を追いかけていく。

ソフィアの戦斧は男を守ろうとするオークたちの盾を吹き飛ばし、肉を深く抉《えぐ》って通り抜けると、仮面の男の左腕を斬り飛ばした後に巨木に突き刺さった。

仮面の男が斬られた左腕を押さえる。

「がぁぁぁあああぁぁぁぁ!!」

激しい痛みに叫ぶ仮面の男に駆け寄り、すぐに新しく出したサーベルで脚を突き刺して地面に縫い付ける。

刺した場所には木の根があり、簡単には抜けそうにない。

男を捕まえたところで、今度は俺に向かってくるオーガの相手だ。

こいつ、男を守ろうとしなかった。

命令に従っているだけなのか?

「悪いが時間がない。この辺りを焼け野原にするつもりはないからな」

仮面の男が火を付けたおかげで、森が燃えてしまいそうだ。

俺は迫り来るオーガに背を向けて走ると、巨木に突き刺さった戦斧《バトルアックス》を手に取る。

握りしめる右手に青い炎が宿ると、そのまま戦斧に伝わり刃が炎に包まれた。

「お前みたいな奴には、こういう武器の方が!」

大剣を振り下ろしてくるオーガの一撃を避け、そのまま腕を斬り飛ばした。

すぐにオーガは反対の手に握りしめた剣を振るってくるが、その腕も斬り飛ばす。

両腕を失ったオーガだが、その瞳に恐怖はない。

怒りすらない。

七代目が困惑している。

『こいつら、本当に何なんだ!?』

歴代当主たちも初めての相手らしい。

しかし、四代目は落ち着いていた。

『慌てる必要はありません。命令通りに動く魔物というのは分かっています。それだけのことですよ。やることは変わらない』

面倒な相手だったが、こいつらには自ら戦おうとする意思がない。

命令に従っているだけで、ここ一番の爆発力――気迫がなかった。

噛みついてこようとするオーガに、俺は戦斧を真っ直ぐに振り下ろして止めを刺した。

呆気ないものだ。

すぐに戦斧を地面に突き刺し、仮面の男のもとへと向かう。

仮面の男は苦しんでいた。

「喋りすぎたな。おかげでこっちは打ち合わせまで完璧にできたぞ」

「う、打ち合わせ？　何を言っている？」

理解できていないようだ。

だが、俺は確かにソフィアと打ち合わせを済ませていた。

コネクションで繋がっており、言ってしまえば――心の声？　とにかく、仮面の男に気付かれないように打ち合わせを済ませ、反撃に転じたのだ。

振り返ってソフィアを見れば、苦しそうな表情をしながらも笑顔を見せてくる。

「が、頑張りました」

「初めてにしてはうまかったよ、ソフィア！」

「ぶ、ぶっつけ本番は、もう二度とごめんですけどね」

ソフィアの体を包み込む青い炎が徐々に小さくなり消えていく。

ソフィアはその場に座り込み、周囲の煙を吸い込んでしまって咳き込んでいた。

燃え広がる火を消す必要がある。

助けた二人を守るため、魔物と戦っていたノウェムに視線を向けた。

最後の魔物を魔法で吹き飛ばし、これで全ての敵を倒したことになる。

ノウェムは俺の言いたいことを察したのか、杖を掲げて魔法を空に向かって放つ。

「――ウォーターバレット」

その一言で杖から水球がいくつも放たれ、空中で弾け飛び周囲に降り注いだ。

燃え広がっていた火が消えて、焦げた臭いだけが広がる。

これで火事の心配はなくなった。

倒れて苦しんでいる仮面の男を見る。

「さて、色々と話を聞かせてもらおうか」

しかし、仮面に開けた穴から俺たちを見る男の目は、一度こちらを睨《にら》み付けてから――白目をむいた。

宝玉内から舌打ちが聞こえてきた。

『毒か』

六代目の言葉に、すぐに男の仮面を剥がすと口から血を流していた。

それを見たノウェムが、血相を変えて俺に駆け寄ってくる。

「ライエル様、すぐに離れてください！」

「え？」

すると、男の胸元が光を発し始める。

『ライエル、すぐに飛び退け！』

三代目の声に即座に応えて、俺は駆け寄ってきたノウェムに抱きつくとそのまま地面に倒れ込む。

次の瞬間には、仮面の男がいた場所で爆発音がした。

――ポーターに乗り込み隠れているシャノンは、周囲から聞こえる戦闘の音に怖がっていた。

「どうして、いつもこうなるのよ！」

ライエルについていくと、結構な確率で面倒事が起きてしまう。

呪われているのではないか？　と、心配になるほどだ。

車内にはクラーラがいて、シャノンに話しかける。

「魔物の数が減ってきています。そろそろ終わりそうですね。シャノンちゃん、一度確認してもらえますか？」

魔眼を持つため、シャノンは索敵などの仕事を任されることが多い。

怖がりながらも運転席へと向かい、そこから外の景色を見た。

外からはアリアたちの声が聞こえてくる。

「エヴァ、あんたちゃんと援護しなさいよ！」

「うるっさいのよ！　あんたは目を離すとすぐにいなくなるから、援護するのも大変なのよ！」

アリアとエヴァの言い争う声が聞こえてくる。

アーツを使用して縦横無尽に暴れ回るアリアと、それを援護するエヴァ――しかし、アリアが速すぎて、エヴァの援護が間に合っていなかった。

エヴァはポーターの天井に乗り、そこで弓矢を構えている。

そんなエヴァに向かって、ポーターに飛び付いたゴブリンが天井へと上った。

ポーターの天井がバタバタと五月蠅《うるさ》くなる。

「てめぇこの野郎！」

エヴァの口汚い言葉が聞こえてくると、蹴られたゴブリンが空中に放り出される。

一方、モニカの方は戦場にいながら踊っているようだ。

赤いメイド服のスカートが、モニカがその場で一回転するとふわりと膨れ上がった。

少し遅れてモニカのツインテールが追従するのだが、その姿は戦場ではとても不釣り合いな光景だ。

ただし、モニカの持っている大きなハンマーは、実に戦場がよく似合う。

「は～、この手のお掃除は苦手ですよ。でも手を抜かない。だって私は――完璧なメイドだから！」

そう言いながら、魔物たちを次々に殴り飛ばしていた。

周囲の状況を見ているシャノンの目が、徐々に黄金色に輝き出す。魔力を見ることが出来るシャノンの目には、森の中にいる魔物たちの動きが見えていた。

「――森の中にいるのは、ほとんど出て来た感じかな？」

曖昧な表現にクラーラは困っていた。

「もっと詳しく教えてもらえますか」

「分からないわよ。ライエルと同じ事が出来るわけじゃないし。それよりも、今回の依頼っていうなるの？」

「森の中から魔物が出て来ていますし、これを乗り切れば後は様子見でしょうね」

ポーターの周囲では、ミランダがゴーレムを何体も作り出して魔物たちを次々に倒している。

村人たちは、後方で村の守りを固めていた。

シャノンはこの場にいないメイについて文句を言う。

「メイがいればもっと楽だったのに。麒麟《きりん》なのに使えないわね」

村の方は何とか守り切れそうだった――。


森の中。

仮面の男が爆発した後、俺はゆっくりと起き上がった。

「け、怪我はないか、ノウェム？」

ノウェムが俺を見て酷く驚いた顔をしている。

「どうして――どうして私を庇《かば》ったのですか？」

「いや、咄嗟《とっさ》に体が動いたから」

「ライエル様がする事ではありません！」

そんなことを言われても困る。

「でも二人とも助かったし」

「結果に過ぎません。今後はこのようなことをしないでください。ライエル様の身に何かあれば、私は――生きていけません」

大げさすぎると笑おうとしたが、ノウェムの顔は真剣そのものだった。

ここで茶化すのはよくないと思い「悪かった」と謝罪し、俺は自分が大きな怪我をしていないか確認する。ノウェムも大丈夫そうに見えたので、俺は服についた埃やら砂やらを手ではたき落とした。

ソフィアが近付いてくる。

「二人とも大丈夫ですか！」

「あぁ、何とか」

仮面の男がいた場所を見れば、見事に爆発して何も残っていなかった。

その様子に七代目が警戒している。

『随分と徹底しているな。これは、厄介な連中と出くわしたものだ。それに、そいつらが追いかけていた二人組だ』

俺は視線を助けた二人組に向けた。

老人と女性――最初は親子かと思ったが、彼らの会話と追いかけている存在から、一般人にはとても思えない。

俺の視線に気が付いた二人が、礼を言う。

「助けていただき感謝します」

フラフラと立ち上がった女性は、フードを外して素顔を見せた。

美人というのもあるが、それ以上に何か雰囲気を持っている。

老人も同様だ。

「貴方たちのおかげで助かりました。本来ならお礼をしたいのですが、今の我々には何も出来ません」

老人を見て、呟《つぶや》くのは三代目だった。

『――とりあえず、話を聞こう』

周囲の状況も確認しなければならない。とりあえず、休憩を挟むことにした。

「ノウェムとソフィアは二人の護衛を。俺はこの辺りを見てくるよ」

ノウェムが俺の腕を掴《つか》む。

「いいえ。ライエル様は休んでいてください。私が周囲を調べてきます」

「でも」

「お二人から話を聞くのも大事です。それに、ライエル様もお疲れでしょう?」

確かに無茶をして満足にアーツも使えないので、少し休みたかった。

「分かった。あまり遠くに行くなよ。火が消え残ってないか見てくるだけでいいから」

「はい」

ノウェムが俺たちから離れていく。俺は三人を連れて休める場所を探した。

近くにあった木の根が座りやすそうだったので、そこに腰を下ろして話を聞くことになった。

「話を聞かせてもらいましょうか」

老人――ガストーネさんは、最初は渋る。

「事情を知れば、戻れなくなりますぞ。命に関わる」

「もう関わっていますよ」

「――仕方ありませんね」

諦めて事情を話し始めるガストーネさんは、俺たちに自己紹介をする。

「改めて名乗らせていただく。わしの名前はガストーネ――ザインの元大神官です」

「大神官？」

凄い肩書きではあるが、それがどれだけ高い地位なのかピンとこない。

歴代当主たちも同じだ。

『国によって呼び方とか役割とか違うから、面倒だよね』

外国だと役職名やら役割やら、違っていることも少なくない。

七代目も同じだった。

『大神官というのも、割と多いですからね。自称も含めれば数も多い』

俺が困っていると、今度は女性が話しかけてくる。

「宰相のような立場と考えてください。ガストーネは、長年私の補佐をしてくれた者です。そして、私はセルマ――ザインの元聖女です」

その女性の言葉に、ソフィアは口をパクパクさせていた。

「ザインの人だとは思いましたけど、聖女様って一番偉い人ですよね!? え、えっと、こんなところにいるのは普通なのでしょうか?」

そんな偉い人がこの場にいるのが信じられない様子だ。

まだ、こちらを騙しているという方が説得力はある。

しかし、宝玉が示す彼らの色は「青」――味方だ。

敵意はなく、むしろ好感を抱いてくれている。

「そんな偉い二人が、どうしてこんな場所に?」

尋ねると、ガストーネさんが俯《うつむ》いて悔しそうにしていた。

「逃げる途中だったのです。わしたちはベイムを目指しておりました」

「ベイムを?」

セルマさんが頷《うなず》く。

「国外への逃亡です」

それを聞いた宝玉内の歴代当主たちは、すぐに「何か起きた」と理解したようだ。

『おやおや、これって本物なら凄いことにならない？』

『可能性は高いのでは？　あの魔物や、仮面の男が差し向けられる程の者たちですよ』

『ザインか――今は内乱が起こりそうな状況だったよな？』

『えぇ！　権力を長年握ってきた聖女と大神官に対する不満が募っているとか――これは、来ましたな。大当たりですよ！』

『人助けはするものですね。まさか、よりにもよってこんな大物を釣り上げるとは思いませんでした。ライエル、よくやった！』

何を喜んでいるのだろうか？

ちょっと前に、ザインの話には関われないと決まったのではないのか？

そもそも、この二人を助けたからどうなるというのか？

何やら二人を確保する雰囲気なので、とりあえず側《そば》には置こう。

宝玉内が騒がしくなる中、俺はガストーネさんたちに話をする。

「俺はベイムで冒険者をしています。近くの村に依頼で来ていましてね。一緒に戻るなら、連れて行きますよ」

それを聞いたガストーネさんが喜ぶ。

「それは助かります。ですが、よろしいのか？　わしたちがいれば、また狙われることになりますぞ」

　確かに危険なのだが、歴代当主たちがガストーネさんたちを逃がそうとしないのだ。

『逃がすな！　ライエル、絶対に逃がしたら駄目だからね！』

『ここはしっかり恩を売り、私たちが味方であると理解してもらいましょう。ライエル、扱いは丁寧にするのですよ』

『そうだぞ。何しろ——大事な手札の一つだからな』

『楽しくなってきましたな！　まさか、チャンスが転がり込んで来るとは思いませんでした！　ライエル、やっぱりお前は運が良いぞ！』

『ライエル、大義名分を逃がすなよ。彼らには——わしたちに協力してもらうのだから』

——きっと悪い顔をして、何か企んでいるのだろう。

というか、大義名分って何だよ？

この人たちの話が本当でも、実は悪い人間かもしれないじゃないか。

歴代当主たちは興奮しっぱなしだ。

三代目のテンションが高い。

『うん、いいね。いいよ！　楽しくなってきたね、ライエル！』

——全然楽しくない。

百七話　お金

――森の外。

集落からは遠く、辺りには何もない場所だった。

黒いローブ姿の男たちがいて、荷馬車がいくつも並んでいる。

荷馬車にはいくつもの高価そうな魔道具が揃えられ、それらを使って男たちが森の様子を確認していた。

全員が同じような仮面を付けている。

白地に笑っているような絵柄が描かれており、とても不気味な光景だった。

黒のローブの下は、それぞれ違う身なりをしている。

その中でリーダーらしき男が、水晶玉を見ながら溜息を吐く。

「――自爆したようだ。失敗だな」

それを聞いていた戦士風の格好をした仮面の女が、肩をすくめる。

「新人のテストには荷が重かったんじゃないの？」

リーダーは首を横に振る。

「この程度がこなせない奴に、我らの仲間になる資格はない。それよりも、失った戦力が多すぎる」

荷馬車の荷台には沢山の檻《おり》が積まれている。

黒い魔物たちはこの檻から森に放たれた。

「魔物を使役するのはいいが、弱いなんて使えないね。なら、私たちで処理しないと」

戦士風の女は、腰に提《さ》げた剣の柄を握った。

リーダーは呆《あき》れて制する。

「状況が分からないのに動くな。既に斥候を送って——ん？」

リーダーが魔道具の水晶玉を見て言葉を止め、そしてしばらく黙り込むとすぐに全体に命令する。

「撤収！　すぐにこの場を離れるぞ」

「はぁ？　何でよ？　あいつらをこのまま逃がすっていうの？　このまま戻ったら、上が何て言うか分からないわよ」

リーダーは戦士風の女に手短かに説明する。

「送り出した斥候たちの反応が消えた」

「——やられたの？」

「敵の反応はなかった。魔物すらいない場所で、あいつらの反応が消えた。これ以上、戦力を失うわけにはいかない」

斥候として送り出した者たちは手練《てだ》れだった。

そんな手練れたちの反応が、森の中で消えた。

森の中で事故に遭い、死んだとは考え難い。

「今回は大失敗だね」

戦士風の女がそう言えば、リーダーは水晶玉をしまい込みつつ答える。

「全滅するよりはいい。すぐに戻ってこのことを報告するぞ」

荷馬車に布がかぶせられ、檻や魔道具の数々が隠される。

そして、全員が黒いローブを脱ぎ、商人のような格好に着替えた。

仮面を付けているのは不気味だが、外せば商人の一団にしか見えない。

「——ザインの聖女と大神官暗殺は失敗、か」

リーダーは最後にそう呟《つぶや》き、一団を率いてこの場を離れるのだった——。


少し遅れて合流したノウェムを連れて村に戻った頃には、夜になっていた。

アリアたちが村の防衛をやり遂げてくれたおかげで、依頼の方も一応は成功という形になるらしい。

村長にはお礼を言われたよ。

だが、問題なのはその後だ。

ポーターの車内で話を聞く俺は、両手で顔を塞いでしまった。

目の前で泣いている女性を見て、いたたまれない気持ちになったのだ。

他の仲間も同じである。

誰もセルマさんの話を邪魔しない。

「私だって——私だって、無理矢理聖女の地位に居座ったわけじゃないんです！　でも、騎士団はすぐに戦争がしたいと言い出すし、そうなるとザインで暮らす人たちはどうなりますか？　今まで、散々戦争をして疲弊してきた事を忘れて、騎士団は主戦派ばかりで——私だって、普通に引退して結婚したかったのに！」

泣いているセルマさんから、俺はガストーネさんに視線を向けた。

周囲も責めるような視線を向けている。

それを受けて、ガストーネさんが言い訳をするのだ。

「い、いや、わしだって聖女様の代わりを用意して、内政に力を注いだ政治を継続しようと考えましたよ。けれど、大神官という立場で聖女様を探すと、大神官が権力を持ち続けるとして反論されては動けず」

ザインというのは面倒な国だった。

大神官を目指す神官たち——その中でもエリートの大神官候補者たちが、聖女になり得る娘たちを用意するのだ。

そして、見事自分が推す娘が聖女になると、そのまま出世して大神官になる。

そんな制度で統治するのに問題はないのか？　とか。

それで国のトップが決まるのか？　とか。

まぁ、言いたいことは沢山あるが、大神官が次の聖女様を決めてしまうと確かに権力が集まってしまう。

間違いではないと思うが――そもそも、そのシステム自体が間違っている気もする。

四代目は困惑していた。

『不思議な国ですね。ですが、それで国が成り立っているなら、今まで問題がなかったのでしょう。いえ、問題があっても成立していた、ということですかね？』

三代目が笑っている。

『問題のない国なんてないからね。さて、色々と事情は見えて来たね』

ガストーネさんたちの話を信じるならば、ザインという国は宗教国家だが周辺国に戦争を仕掛け続けていた。

そのため、国内への投資が満足に出来ない状況にあったらしい。

そんな状況でも戦争を止めなかったのは「国が貧しい？　ならば、他国から奪いましょう」という理由からだ。

何が悲しいって、ベイム周辺の国々が皆似たような思考をしているところだろう。

ベイムの周りでは戦争が多いと聞いていたが、これは酷い。

そこで登場するのがガストーネさんだ。

今までの状況を見て「いや、国内の整備もしようよ！」と、派閥を立ち上げて見事にセルマさんを聖女にした。

その後、戦争を減らしてお金を国内へと投資した。

それなりの結果が出たこともあり、セルマさんの人気は高かった。

しかし、戦争をしたい騎士団は不満をため込んでいた。

敵対派閥の神官たちも同様で、主戦派の娘たちを次の聖女に据えようと画策する。

それでは戦争を止めた意味がないと、何とか誤魔化しつつセルマさんに聖女を続けてもらってきたらしい。

セルマさんが泣いている。

「普通は十五歳で聖女になったら、二十を過ぎた辺りで引退して結婚なのに！　遅くても二十代半ばで引退して――それなのに、私は三十を越えたのよ！　私だって早く引退したかったのにぃぃぃ！」

そして適齢期が過ぎてしまった、と。

そこで俺は思い出した。

「え、三十代？　それって母上と同じくらい――」

セルマさんが泣き止み、俺の顔をマジマジと見てまた目に涙を溜める。

「――こんな大きな子供がいてもおかしくなかったのにぃぃぃ！」

また泣き出してしまった。

周囲の冷たい視線が、今度は俺に向けられる。

アリアが呆《あき》れていた。

「ライエル、あんたはもう少し考えて発言しなさいよ」

「ご、ごめん。で、でも、母上よりはセルマさんの方が若いですよ」

セルマさんがグスグスと泣きながら、騎士団への恨み言を口にする。

「私は幸せを捨てて国に尽くしたのに、何が魔女よ。戦争がしたいだけで、国のことなんて考えない癖に。おまけに、臆病者扱い――それはまだ我慢できたけど、聖女様がおばさんとかないわぁ～、って――私だって恥ずかしいのにぃ！」

聖女様には年齢制限があるらしい。

宝玉内の歴代当主たちも困惑している。

『世間の目って冷たいからね』

『そうですね。私も晩婚でしたので、この気持ちはよく分かります』

『まぁ、騎士団からしたら、戦争で手柄を立てる手段を奪われたようなものだからな。その辺りのフォローが駄目だったのは間違いない』

『それにしても、自国がボロボロでも戦争ですか。よく反乱が起きないものです』

『宗教国家の強みですかな？』

普通の領地なら、民が反乱を起こしてもおかしくない状況だろうか？

ガストーネさんが言う。

「結局、騎士団の反乱で地位を奪われてしまいました。こんなことになるのなら、早めにセルマ様を引退させておけばよかった」

大人の女性が膝を抱えて座り、どこか遠くを見るような目をしていた。

見ていると悲しくなる。

「それでベイムから遠い異国へ、ですか？」

「はい。せめて、セルマ様だけでも逃がし、人並みの幸せを送っていただきたいのです」

それが彼女の人生を狂わせた自分の使命である、とガストーネさんが言う。

ミランダが俺を見ている。

「事情は聞いたけど、ライエルはこれからどうするの？」

まずはこの話が本当かを調べる必要がある。

だが、ミランダやエヴァから聞いた情報をまとめると、あまり大きな違いはなさそうだ。

このまま荒れそうなザインにどう関わっていくのか？

俺にもよく分からない。

「まずは戻ってから考えるよ」

そう言って、この話を終えるのだった。


深夜。

やって来たのは宝玉内だ。

眠ったところで、意識が歴代当主たちに引きずり込まれた。

「何かありましたか？」

『あったか、じゃない。これからあるんだ。いや、起こす、かな？』

楽しそうな六代目を見ていると、また悪巧みかと呆《あき》れてしまう。

俺は自分の席に腰を下ろした。

席の後ろにある俺の記憶の扉を振り返って一度見るが、何も変わった様子はない。

三代目が俺に話しかけてくると、そこから今後についての作戦会議が始まった。

『まずは状況の整理をしよう。宗教国家ザイン――そこのトップである聖女様は、騎士団の反乱に遭って国外へ逃げ延びたわけだ』

「え？　聞いている限り、向こう側にも理由がありますよね？　聖女の在任期間が長すぎるとか、ですけど」

戦争をしたいからと聖女を追い出したのは、確かにやり過ぎだと思うけどね。

しかし、歴代当主たちの意見は違う。

『ライエルよ――この場合、相手の事情はどうでもいい。大事なのは、こちらにとっての大義名分だ。民に豊かな暮らしをさせるために戦争を止めた素晴らしい聖女様が、国を追われたのだ。なんたる悲劇か！』

七代目の嘘っぽい台詞《せりふ》に頷《うなず》く歴代当主たちは、悪い顔をしていた。

俺はすぐに察した。

――あ、こいつらやる気だ、って。

「それはつまり、騎士団――というか、新しい聖女様のいる国と戦うということですよね？」

四代目が笑顔で頷く。

『ライエルも分かってきましたね』

「いや、それってセルマさんたちを巻き込む、って意味ですよ。そんなことをしていいんですか？　だって、もう関わりたくなさそうなのに」

本人たちはそうした争いに疲れた様子だった。

五代目が俺の意見に反論してくる。

『ライエル、お前は権力者を侮っている』

「え？」

『地位を奪い、後ろめたいことがあるから命を狙う。口封じをしたい連中からすれば、国外に逃げて静かに暮らしたいなんて言い訳は通用しない。あの仮面の男のような連中を、次々に差し向けてくるぞ』

セルマさんに待っているのは、暗殺に怯《おび》える人生だった。

それは可哀想だ。

「――何とかなりませんか？　偽装して死亡したことにするとか？」

『それをしてどうなる？　奴らはとことん調べてくるぞ。その際に、協力者がいれば何か聞いていると考えて殺しに来る。いいか、もうお前も関わっているんだよ』

関わってしまったからには、ザインという国と戦わなくてはならない。

「やっぱり、ザインが裏にいるんでしょうか？」

六代目はそこが分からないのか、困ったように腕を組む。

『分からん。だが、あの二人を始末したいのはザインの連中だろう。確かにこの話も重要だが、問題は――ザインとの戦争だ！』

歴代当主たちが嬉《うれ》しそうにしていた。

本当に嬉しそうに、目を輝かせている。

『大義名分としてセルマちゃんがいて、ガストーネという内情に通じている大神官もいる。これは、大きなチャンスだよ！』

その二人がいるために、俺たちも危険なのだがそれを分かっているのですか、三代目？

『あの二人を担ぎ上げ、戦争を起こせばライエルの名前は確実に売れます！』

戦争に参加して名を上げようとは考えていたが、戦争を起こして名を上げようとは考えていませんでしたよ、四代目。

『大義名分は大事だからな。しかも、民に人気がありそうな聖女様だ。大歓迎だ』

戦争が出来る理由が転がり込んできたのが嬉《うれ》しそうですね、五代目。

『ザインを奪う！　いや、違ったな。ザインをあの二人に返してやろうではないか！』

奪うと言い切るのが凄いです、六代目。

『話通りなら、ザインという国は随分と力を蓄えていた様子。これは実においしいではありませんか！　この戦いに勝利すれば、そのザインが手に入る！』

どうしよう――敵よりも俺たちの方が悪人という気がしてきます、七代目。

歴代当主たちは、セルマさんたちを利用してザインを奪う計画を立てていた。

悪人じゃん。

「それ、本当にやるんですか？　なんかこう――悪い気がします」

俺の意見に歴代当主たちが真顔になる。

『ライエル――あのね、セレスを倒すのにこの程度で尻込みしていてどうするの？　前にセレスを倒すって誓ったのは嘘なのかな？』

三代目に問われて、俺は困ってしまう。

こんな展開は予想していなかった。

「い、いや、でも」

『時間がないのです。セレスを倒すために、我々には急ぐ必要がある。それに、セルマたちが国を追われたのは事実。そして命まで狙われている。それが許せますか？』

四代目の説得に納得しかける。

だが、俺が奪っていいのか？

五代目は俺の甘さを責めるのだ。

『国を相手にすると決めたその瞬間から、お前は悪人だ。この程度で怖《お》じ気《け》付くな。それに、こんなチャンスは二度と来ないかもしれないぞ』

頷《うなず》くのは六代目だ。

『まさに幸運！　いや、このチャンスをものに出来る者こそが、幸運なのだ。分かるか、ライエル？　――運というのは自らが掴《つか》むものなのだ！』

七代目も同意見のようだ。

『ピンチもチャンスも紙一重。ライエル、ここを乗り切ればお前の目標に大きく近付ける。それは、多くの人間を救うのではないか？』

「そう、ですね。――分かりました、やります」

セレスを倒すと決めた日から、俺は善人などではない。

ならば、このチャンスは掴《つか》まなければならない。

三代目が笑顔になるのだが――。

『よく言った！　ただ、ね。一つ凄く重要な問題があるんだよ』

「重要ですか？」

『うん』

――笑みが消えると、深刻そうな顔をする。

『僕たち――というか、ライエルも領主じゃないからね。領民もいなければ、物資もないわけでしょ？　それと一番の問題がね――お金が足りない』

それを聞いて俺は椅子から落ちそうになった。

「問題はお金ですか!?」

俺の発言に怒るのは四代目だ。

その怒気に俺はすくんでしまう。

『お金の問題を甘く見てはいけません！』

「は、はい」

『いいですか、ライエル。そもそも戦争というものはお金のかかるものなのです。ライエルは冒険者としては稼いでいますが、それでは人を雇えても数十人程度。それでは、いくらなんでも勝てません』

戦争というのはお金がかかる。

それを喜んでしたい人たちがいる理由は、倒した国から略奪して稼げるからだ。

嫌な話だ。

そうして奪われた人たちは、生きるために戦う必要が出てくる。負の連鎖が終わらない。

七代目が溜息を吐いていた。

『やはりパトロンが必要ですね。本格的に探さないといけません』

そんな中、六代目が俺を見ている。

「どうしました?」

いつもとどこか違う雰囲気だった。

『ん?　まぁ、色々とな。それよりも、だ。ライエル、ベイムに戻ったら女遊びを教えてやる!』

「え?　べ、別にいいです」

『阿呆!　遊びは経験しておくべきだ。女の扱いを覚えないと大変だぞ。まずは娼館に行くぞ。安いところは駄目だ。高いところに行く!』

楽しそうな六代目を見て、やはりいつもと変わらないと感じた。

——ベイムの港。

一隻の大きな船が港で積み荷を降ろしていた。

その様子を見ていたのは、黒髪をツーサイドアップにした【ヴェラ・トレース】だ。

日傘を差して今回の成果について父である【フィデル・トレース】と話をしていた。

「ヴェラ～、今回の商売もうまくいったみたいだね。パパは嬉《うれ》しいよ～」

娘を前に甘えたような声を出す父を見て、ヴェラは呆《あき》れてしまう。

「戻るのが少し遅れたくらいで大げさなんだから」

その言葉にフィデルはハンカチを噛みしめた。

「少し!?　その間、パパがどれだけヴェラの事を心配したと思っているんだ！　もう、パパはヴェラが心配でろくに眠れなかったんだぞ」

それは事実のようで、今のフィデルは以前よりも少し痩せたように見える。

ヴェラは心配してくれる父にお礼を言う。

「しっかり休んでよ。パパが倒れると大変なんだから。でも、心配してくれてありがとう」

フィデルは満面の笑みを浮かべると、ヴェラに抱きつくのだった。

「愛しているよ、ヴェラァァァ！」

「暑苦しい！」

フィデルを引き離そうとしていると、そこに男女二人がやって来る。

一人はヴェラの妹である【ジーナ・トレース】だ。

勝ち気なヴェラとは違い、おっとりとした優しそうな雰囲気を持っている。

その隣にいるのは――ヴェラに日傘をプレゼントしてくれた青年【ロランド】だ。

短髪の真面目そうな好青年だ。

以前はヴェラの下で船乗りとして働いていたのだが、今はジーナの世話係をしている。

ジーナがヴェラに話しかけてくる。

「姉さん、お帰りなさい」

「ただいま、ジーナ。元気そうね」

ヴェラがロランドを見ると、深々と頭を下げてきた。

それを見て寂しく思うが、ヴェラは笑顔を見せる。

「ロランドのその格好も様になってきたわね」

「ありがとうございます、ヴェラお嬢様」

上着を脱いだスーツ姿で、ベストを着用している。

そんなロランドを、睨《にら》み付けている男がいた。

――フィデルだ。

「ふん！　パパはこんな小僧がジーナの身の回りの世話をするなんて、認めないぞ」

ロランドは好青年で働き者だが、身分は低かった。

ベイムに貴族制はないが、それでも貧乏人と金持ちの差はある。

貧乏ながら真面目で心優しいロランドを、フィデルとしても高く評価はしていた。

しかし、娘の夫となると話は別だ。

ジーナがフィデルを睨《にら》む。

「パパ、どうして認めてくれないの？」

フィデルはジーナの視線にたじろぐが、娘のためと考えたのか首を左右に振って顔付きを真剣なものにする。

「お前のためだ。ロランドは働き者だが、お前の夫にするには色々と足りないのだ。分かってくれ、ジーナ」

ジーナはそっぽを向く。

「行きましょう、ロランド」

「は、はい！　それでは、失礼いたします」

深々と頭を下げるロランドが、先に歩き出したジーナを慌てて追いかけていく。

その背中を見ながら、ヴェラはフィデルの説得を試みる。

「ジーナを政略結婚させるつもりがないなら、別にロランドでもいいじゃない」

フィデルは大商人にしては珍しく、政略結婚を考えていなかった。

可愛い娘たちを、商売のためだけに嫁がせるつもりはなかったのだ。

「ヴェラ、パパだってジーナには幸せになって欲しい。だが、あの小僧がジーナを幸せに出来ると思うのか？」

「真面目で働き者じゃない」

「それだけでは足りないのだ。いいかい、ヴェラ。結果が大事なのだ。ロランドの働きぶりは評価するが、結果が出ない男にジーナを嫁がせたくない。この気持ち、分かってくれるよね？」

「まったく理解できないわ」

「ヴェラまでパパを困らせるのかい⁉」

泣き崩れるフィデルに、周囲も困り果てていた。

「はぁ、それより次の商売もあるから、その打ち合わせをしたいのだけれど？」

「え⁉　もう少しゆっくりしたらどうだい？　ヴェラ、少し働き過ぎだよ」

「――いいのよ。今は働きたいの」

見えなくなったロランドたちの方に視線を向けるヴェラは、我ながら情けない気持ちになるのだった。

（いつまでも踏ん切りがつかないなんて、私も駄目ね）

以前好きだった男性――ロランドは、妹を選んだ。そして妹も受け入れた。

そのことに文句を言うつもりもないが、今は屋敷にいて顔を合わせるのが億劫だった。

フィデルは商売の話になると、真剣になる。

「ふむ、ならば少し時間をくれ。この時期に売れそうなものがもう少し手に入りそうだ。それから、護衛を入れ替える予定だ」

「何かあったの？」

「うちで雇っていた冒険者のパーティーが、傭兵の仕事をするそうだ。その穴を埋めるまで少し待ちなさい」

「また戦争なの？　パパ――」

言いかけたヴェラの言葉を、フィデルは遮る。

「言いたいことは理解しているが、これはベイム全体の問題だ。トレース家一つでどうにかなる問題ではないよ。さて、それでは各地の情報を聞こうか。何か変わったことはあるかな？」

フィデルもベイムを代表する大商人であり、商売の話になると顔付きが違う。

たとえ娘と言えど、手を抜くつもりはないという顔をしている。

「いいわよ。北の方は相変わらずだけどね。でも、南は――」

二人は仕事の話をし始めるのだった――。


ベイムの宿に戻ってきた俺は、セルマさんとガストーネさんの部屋を用意した。

ベイムへと戻ってきて一夜が明け、二人に今後の話をする。

「もう少しだけ、二人はここで休んでいてください」

ガストーネさんが困惑している。

「本当によろしいのか？　わしたちは代金を支払えないが？」

逃げる最中に荷物のほとんどを失っているので、無一文に近い状態だった。

「構いません。必要な物があれば、俺たちが買ってきますよ。暗殺の危険もあるので、しばらくは窮屈な暮らしをしてもらうことになりますけど」

「だ、だが、いつまでも世話になるわけには」

「問題ありませんよ。それより、あの件についてしっかり考えてください。二人のためにもなります」

ガストーネさんがセルマさんを見ている。

セルマさんは落ち込んでいた。

俺は二人に、ザインを取り戻そうと話を持ちかけた。

「わしはいいのですが、セルマ様はもう」

ガストーネさんはそれでもいいらしいが、問題はセルマさんだ。

「――どこに逃げてもザインから追っ手が放たれるのなら、遠い異国の地に逃げても同じでしょう。暗殺に怯《おび》えることになります。けれど！　けれど、私はもう聖女の地位には就きません。もう、疲れました」

ガストーネさんが肩を落とした。

「セルマ様」

疲れ切ったセルマさんが、俺の話を拒否した。

だが、手放すという選択肢は、歴代当主たちにはなかった。

セルマさんはザイン略奪――違った、奪還のために必要な人材だ。

絶対に必要な存在だった。

セルマさんがやる気を取り戻すまで、しばらく時間がかかりそうだ。

ガストーネさんが俺に謝罪してくる。

「すまないが、セルマ様がこの調子では協力できません。わし一人では役に立たないでしょう。暗殺者も差し向けられている状況ですから、わしたちを無理して匿《かくま》わなくても構いません。そちらにも危険が及ぶ」

手放せないいし、近くにいる方が守りやすい。

「もう関わっています。この状況を乗り切るには、戦うしかありません」

「――申し訳ない。セルマ様は、わしの方で説得してみます」

あの仮面をつけた男のことも気になる。

厄介な連中が動いているが、この程度を乗り切れなければセレスとは戦えない。

「――今はゆっくり休んでください」

部屋を出ると、宝玉内から六代目の舌打ちが聞こえてきた。

『セルマが弱気になったか。だが、まだ準備が整うまで時間がかかる。それまでにやる気を取り戻させればいいか』

俺は小声で六代目と話をした。

「やりたくないと言っていますが？」

『最終的には、もう飾りとしているだけでもいい。だが、あの様子だと自ら命を絶つ可能性もあるな。しばらく、休息を取らせねば』

セルマさんは疲れ切っている。

ザインを奪うために必要な人材だ。しばらく俺たちで守ることになる。

暗殺者からあの二人を守るのは大変だが、それだけの価値がある人たちだ。

守り切るしかない。

『それはそうと、ライエル――準備は出来ているな？』

「は、はい。でも、本当に行くんですか？」

『当たり前だ！　皆が疲れて休んでいる時だからこそ、チャンスなのだろうが！　こっそり遊んで戻ってくるだけだ』

六代目が俺に娼館に向かえと五月蠅《うるさ》いのだ。

『クレートから必要な情報は得ている！　あとは、乗り込むのみ！』

娼館の情報に詳しい――詳しすぎるクレートから、おすすめの店を既に聞いている。

必要な金額、そしてマナーなども事前に聞いていた。

あとは、俺が店に行って遊ぶだけだ。

「いいのかな？」

『馬鹿者！　女を知らないお前が、あの女たちを率いて戦っていけるか？　ライエル、これは試練だ！　女の扱いを知れば、今よりもっとスマートに女を扱えるようになる！』

本当にそうだろうか？

だ、だが――正直興味がある。

「そ、そこまで言われたら仕方がないですね～」

『そうだ。俺にここまで言われたら仕方がないんだ。ライエル、これはお前の試練だ！』

六代目の口車にあえて乗り、俺は娼館へと向かうことにした。

すると、俺が進む方向で待ち構えている女性たちがいた。

「――え？」

そこにいたのは仲間たちだ。

「いったいどこに行くのかしら、ライエル？」

ミランダが微笑《ほほえ》んでいる。

「いや、その、あの」

ミランダが俺に近付き、壁際に追い込むと俺の顔横――壁に手をついた。

「聞いたわよ。ソフィアとキスをしたのよね？」

そ、そっちの話か！

視線だけソフィアに向けると、顔を真っ赤にして頬に手を当てている。

とても恥ずかしがっているのだが、ちょっと待って欲しい。

もしかして話したのか!?

「あ、あれはノーカンで」

「どうして？」

「あ、あれはアーツを使用するための儀式的な――」

言い訳を始めると、ミランダが笑顔になってくれた。

「そうなんだ」

「分かってくれた？」

「分かったわ。つまり、それって私たちも経験する必要があるんじゃないかしら？」

「――え？」

驚いている俺に、ノウェムが少し怒っていた。可愛い怒り方だ。

「ソフィアさんから事情はお聞きしました。ライエル様、使用する際にある程度の練習が必要というのであれば、先に仰ってください」

アリアは顔を背けているが、こちらにチラチラ視線を向けてくる。

「わ、私も練習が必要なら、仕方がないかなぁ～って」

いったいどうなっている？

モニカはノリノリだった。

「チキン野郎のファーストキスは私のものですからね！　精々、焦りなさい、生身の女共が！」

何で周りを煽《あお》るんだ？

俺は興味がない態度を見せているエヴァとクラーラを見る。

だが、二人とも話し込んでいてこちらを見ようとしない。

「キスをすると強くなる――面白い設定だと思わない？」

「設定に興味はありますが、本当にキスしかないのでしょうか？　他の方法があるのではないかと、私は怪しんでいるのですが」

俺のアーツについて話し合う二人は、普段とは違う盛り上がりを見せている。

メイは興味もないのか欠伸《あくび》をしていた。

「キスにこだわるって人間は変わっているよね。愛情表現の一つでしょ？」

それは間違いないが、無闇に表現しないところに奥ゆかしさを感じて欲しいと思う俺は間違っているのだろうか？

あと、ソフィアの顔が真っ赤だ。

ミランダが俺に顔を近付けてくる。

「儀式なら別に気にしなくていいのよね？」

「キ、キスは大事にした方がいいと思います」

震えていると、ミランダが俺の耳元で囁《ささや》いた。

「それはそれとして、今日はどこかに遊びに行くつもりだったのかしら？　もしかして、娼館かしら？」

六代目が驚いていた。

『どうして知っている!?　慎重に行動させたはずだぞ！』

そ、そうだ。俺はみんなに知られないように、慎重に行動していた。

知られていたなどとは思わなかった。

ミランダが俺の耳に息を吹きかけてくる。

ビクリと俺が震えると、ミランダは楽しそうに俺に釘を刺してくる。

「私たちがいるのに娼館通いはどうかと思うわよ、ライエル」

「ひっ！」

喉から声が出てしまう俺は、ガクガクと震えてミランダの顔を見る。

すると、ミランダが「やっぱり」という顔をした。

「鎌をかけてみたのだけれど、本当だったみたいね。私は悲しいわ、ライエル――初めては私を選んで欲しかったのに」

皆の俺を見る目が急激に冷たくなってくる。

宝玉内から聞こえてくる歴代当主たちの声も、若干震えていた。

『え、これ何？　何だかミランダちゃんが怖いよ』

『――このような際の対処の仕方は、勉強していないので困りますね』

『何でバレたんだ？』

『ミランダから俺の妻たちの雰囲気を感じる。笑顔だが、これは絶対に怒っている！』

『そんなの誰でも分かりますよ。しかし、これは困りましたね。お前も大変だな』

他人事みたいに言わないで欲しい。どうして助けてくれないのか？

七代目が俺に呆《あき》れていた。

『六代目の口車に乗るお前が悪い』

――言い返せない。

ミランダが妖しく語りかけてくる。

「ライエルが選んでくれないと、私としては困るんだけどな～。ライエルが抱いた娼婦に嫉妬しちゃいそう」

「い、嫌だな、ミランダ！　娼館になんて行かないよ！」

「本当に？」

「う、うん」

「ライエル、私の目を見て答えなさい。本当よね？　嘘を吐いたら――」

ミランダが怖い。そして、周囲にいる仲間たちの目も――どこか怖かった。

俺が震えていると、シャノンが眠い目をこすりながら部屋から出てくる。

パジャマ姿で枕を抱きしめていた。

「みんなおはよう～」

お昼前だというのに、こいつは今まで眠っていたのだろうか？

いい気なものだ。

そんなシャノンが俺を見ると、首をかしげて――そして笑い始めた。

「何？　ライエルったら何かしたの？　本当に馬鹿よね。みんなを怒らせるなんて何をしたのかしら？」

嬉《うれ》しそうに近付いてきた。

「お姉様、ライエルは何をしたんですか？」

無邪気に聞いてくるシャノンに、ミランダは顔を背ける。

幼い妹に娼館遊びをしようとする俺に注意している、とは言えないようだ。

「シャノン、まずは着替えてきなさい」

「え？　何で教えてくれないんですか？　――ねぇ、アリア！」

今度はアリアに聞き出した。アリアが顔を背けて部屋に戻っていく。

「あ、そうだ！　今日は道具の手入れをするんだったわ！」

わざとらしく退散していくと、それに付き従ってソフィアも離れていく。

「わ、私も！」

エヴァとクラーラは、そんな二人とは別に既にいなくなっていた。

どこに行ったかと探そうとすれば、シャノンがモニカに聞く。

「モニカ、何があったのよ？」

「ここから先は十八歳未満の方には教えられません。大人になってから出直してこい、であります！」

モニカにも常識があったのだろうか？　しかし、何故十八歳？

シャノンは意地になり、今度はメイに質問する。

「メイ！」

メイはあっけらかんと教えようとしていた。

「実はライエルが女あそ――んぐっ！」

そんなメイを後ろから口を塞ぐのは、ノウェムだ。笑顔でメイを連れて行く。

「もう少し、一般常識を覚える必要がありますね。私とお勉強しましょうか」

ノウェムたちがいなくなると、シャノンが俺を見て頬を膨らませるのだ。

「みんなして私を馬鹿にして。こうなったら、意地でも調べてやるわ！　ライエル、覚悟しておくのね！」

今日はずっと俺を監視してやると宣言するシャノンに呆《あき》れ、ミランダが俺から離れた。

その際に俺に耳打ちするのだ。

「ライエル、遊んでもいいけど――本気になったら許さないわよ」

ゾクゾクと寒気が駆け抜け、何度も激しく頷《うなず》くとミランダがシャノンを連れて行く。

「さて、私たちも行くわよ、シャノン」

「お姉様、教えてください。ライエルは何をしたんですか！」

「まだ、何もしていないわよ。これからするかもしれないから、シャノンもしっかり見張ってね」

シャノンが笑みを浮かべ頷いていた。

「任せてください！　――覚悟しておくのね、ライエル」

二人が部屋に入ると、残ったのはモニカだけだ。モニカは照れて身を捩《よじ》っている。

「もう、チキン野郎のエッチ！　でも、そんなチキン野郎も大好きですよ。こうなれば、このモニカが保健体育を手取り足取り教えて差し上げますよ」

「保健体育って何だよ？」

俺は溜息を吐く。

「――これ、遊びに行ったら大変なことになりそうだな」

六代目も俺の意見と同じようだ。

『――そうだな。それにしても、ミランダは勘が鋭いな』

宝玉内からは、他の歴代当主たちの声は聞こえてこなかった。

この手の話題には、まったく役に立たないご先祖様たちなので仕方がない。

実はちょっと楽しみにしていたのだが、仲間が怖くて遊べない俺は大人しく自分の部屋に戻るのだった。


〈『セブンス 10』へつづく〉

ヒーロー文庫

セブンス 9

三嶋与夢《みしまよむ》

2020年2月10日 第1刷発行

発行者 前田起也

発行所 株式会社 主婦の友インフォス
〒101-0052 東京都千代田区神田小川町 3-3
電話／03-6273-7850（編集）

発売元 株式会社 主婦の友社
〒112-8675 東京都文京区関口 1-44-10
電話／03-5280-7551（販売）

印刷所 大日本印刷株式会社

ISBN 978-4-07-442229-6